JN108105

直紀（なおき）とふしぎな庭

山下みゆき
もなか◆絵

静山社

もくじ

1 ドーナツ屋さんに来た子猫 6
2 引っ越しの日 38
3 だれの声？ 51
4 夜明けの街 64
5 水野さんのひみつ 74
6 葉っぱにまぎれて 90

7 庭の力 105
8 知らせないほうがいい？ 117
9 渡されたお守り 133
10 悲鳴vs変な歌 146
11 二百年前の事件 162
12 庭に現れたもの 174
13 おじさんと水野さんの約束 201
14 夏の気配がする庭で 210

「おじさん、この庭すごいよ」

子どもの声がして、目が覚めた。

庭に、人間の子が入ってきている。

「ほら見て、緑のじゅうたんみたい。石の道もある！」

十くらいの年の子だ。

「おいおい、コケと石でそんなに興奮するか？」

もうひとり……、
だれか庭へ下りてきたな。

こっちは青年のようだ。

「ああ、いいな。オレもこういうとこ好きだ。ちょっと暗くてしめっぽいけど、
そうか……、この庭は北向きなんですね」

「ええ、この庭は北を向いております。日が当たりにくいですが、
夏はとてもすずしいですよ。今はまだ寒いので冷えますがね」

なんだ、又吉もいっしょなのか。

又吉のやつ、この家にこいつらを住まわせる気だな。
又吉と青年が、しゃべりながら向こうへ行った。
子どもは……、まだ気配がある。
縁側にすわっているようだ。
ずいぶん静かな子だ。
「ここ、ほっとする」
ひとり言か。
こんな危ない庭で、「ほっとする」とは、なんとのん気な。

1　ドーナツ屋さんに来た子猫

二月の金曜日。

ぼくが十歳になった誕生日の、ちょっとあとくらいだった。

いつものように学校から帰ったぼくは、自分の部屋でランドセルを下ろして、ホットカーペットにぺたっとなっていた。

そのままうっかり寝そうになっていると、ドアの向こうから母さんの声がした。

「ねえ、直紀、今、一臣が駅に着いたって」

一瞬で飛び起きた。

「えっ、おじさん、今週も帰ってきてくれるの？」

「ええ、また部屋を探す気みたい。駅のドーナツ屋さんで待ってるから、直紀も来るかって。行く？」

「行く！」

1
ドーナツ屋さんに来た子猫

おじさんはもうすぐ大学を卒業して、この街にもどってくる。

おじさんの部屋探しには前の週もついていって、いろんな部屋を見た。

ひとり暮らし用の部屋は、どれもすごくせまかった。でも、おじさんは「『トイレ』と『水の出るところ』と『体を横にするスペース』さえあればいいんだ。それで、オレは生きていける」って言ってた。

自転車で門を出ようとしたところで、二階の窓から母さんが顔を出してきた。

「ねえ、ドーナツ、母さんのぶんも買ってきてよ」

「いいよ、何味？」

「シナモン」

「おじさんに言っとくよ。行ってきます」

うちから駅までは、自転車で十五分くらいだ。

新幹線も止まる大きな駅だから、まわりには高いビルや新しい店がたくさんある。でも、この街が城下町だったころの古い建物や、昔ながらの店もけっこう残っていて、住んでいる人も多い。

住宅街のあたりは自転車ですいすい進めるけど、駅が近くなると、歩道に人が増えてくる。小さい子を連れた人。手押し車を押すおばあさん。スーパーの前では、カゴを持った人が歩道にはみ出て商品を選んでいるし、バス停では、バスを待つ人が列を作っている。

商店街の入り口を通りすぎようとして、ぼくは、きゅっとブレーキをかけた。

（あれって、おじさんじゃない？）

アーケードを少し入ったところに、黒いバッグを肩にかけた大学生っぽい人が立っていた。前髪をざくっと上げていて、白いおでこが見えている。

「おじさん？」

「おお、直紀」

やっぱりおじさんだった。自転車を押して、急いで近づく。

おじさんは二十二歳なので、見た目はぜんぜんおじさんじゃない。

だけど、ぼくにとっては〝親せきのおじさん〟だし、本人が「おじさんってよべ」って言うので、そうよんでいる。

「ドーナツ屋さんで、待ってるんじゃなかったの？」

「いや、ちょっとな……」

おじさんはそう言うと、商店街の先を指差した。

「直紀、おまえ、あそこに白い子猫がいるの見えるか？」

1
ドーナツ屋さんに来た子猫

「子猫？」

がんばって見つけようとしたけど、駅前は人がいっぱいだし、おじさんの指がどこを差しているのかよくわからない。

「どこ？　わかんない」

「そうか……」

おじさんは気になるみたいで、首をのばしながらずっと見ていた。

「近くまで行ってみる？」

「うーん、いや、もうドーナツ屋に行こう。暗くなる前に二件くらいは部屋を見たいしな。それにオレ、さっきまでバイトだったから、まだ昼メシ食ってないんだよ」

何度かうしろをふり返りつつ、おじさんは駅のほうへ歩きだした。


駅の高架下のドーナツ屋さんは、おじさんのお気に入りの店だった。

どのドーナツも一個百十円だし、自転車を置けるスペースもあって便利だ。

ドーナツを買って、外が見える席にならんですわった。

ガラスの向こうの道を、たくさんの人や車が、進んだり止まったりしていた。

（なんだか、大きな川を見てるみたいだな）

ぼんやり外を見ているると、おじさんがあやまってきた。

「ごめんな、直紀……、毎週毎週、おまえの部屋で寝させてもらっちゃって、もうしわけないよ」

「どうして？　ぼくはいいよ。あの部屋、元はおじさんの部屋だったんだし」

ぼくの家はおじさんが大学に行っている間にリフォームしてしまった。

今は、一階はおじいちゃんとおばあちゃん、二階はぼくと母さん、というふうにわかれて住んでいる。一階の一部は、税理士のおじいちゃんの事務所にもなっていて、お客さんが来ることもある。

だから、家に帰ってきても、もうおじさんの部屋はない。

おじさんは数学や理科が得意で、学校の成績はいいから、「就職も、一臣なら大丈夫だよね！」ってみんな言っていた。まさか、おじさんが就職できずに家にもどってくるなんて、うちではだれも考えていなかった。

「はあ、去年の教員採用試験に受かってたらなあ」

紙コップに入ったコーヒーで手を温めながら、おじさんはしょんぼりと言った。

「先生になるテストって、そんなにむずかしいの？」

うっかりそう聞いたら、おじさんが恐ろしい目でにらんできた。

1

ドーナツ屋さんに来た子猫

「高校教師は倍率がすごいんだよ。特に化学の教員は、募集人数が少ないから。でも、オレは専門教科とか教養問題はふつうに解けたよ。ただ、『小論文』がぜんぜん書けなかった」

「『小論文』って？」

「むずかしい作文ってとこかな、オレはなあ、昔から作文が嫌いで嫌いで……」

おじさんは、いつだか公園の草むらで犬のうんこをふんじゃった時みたいに、心底うんざりした顔になってチョコドーナツをかじった。

「ぼくも作文は好きじゃないよ。いつも、こっそり母さんに書いてもらってるもん」

なぐさめようとして言ったのに、おじさんはまた、恐ろしい目でぼくを見てきた。

「オレも、ずっと、姉ちゃんに書いてもらってたんだよ！」

〝姉ちゃん〟っていうのは、ぼくの母さんのことだ。

「姉ちゃんは、オレより十歳も年上だからな。文章うまいし、たのんだらパソコンですぐ書いてくれるから、それを丸写しして……。あのころ、楽していたせいでオレは、今、くうっ」

目頭を押さえて、本気で泣きそうになっていた。

ぼくは、選んだきなこドーナツをかじった。

おじさんはコーヒーをすすると、はあっと、前にある窓がくもるほど大きく息をはいた。

「まあ……、そういうわけで、今年一年間はどこかの予備校でバイトするか、非常勤講師をかけもちでやるかどっちかだ。食費に、光熱費に、通信費。ほんとに、ありえないくらいに安い家賃の部屋じゃないと借りられないんだよな」

「ふーん」

ふーんとうなずきつつ、ぼくはこれまで何度も言ってることをくり返した。

「おじさん、うちにもどってきたらいいのに……。ぼくの部屋を半分ずつ使うのでいいじゃん」

おじさんとぼくは、おじさんが大学に進学するまで今の家でいっしょに暮らしていた。おじさんがいるとすごく楽しい。だから、ぼくはまたそうなるといいなって、心から思ってた。

でも、おじさんは困ったような顔をして笑った。

「直紀がそう言ってくれるのはうれしいけど、オレはやっぱり、このまま家を出ていたいんだよ。ひとり暮らしって気楽だからさ。そういや、姉ちゃんの仕事はどうなんだ？」

1

ドーナツ屋さんに来た子猫

母さんは、ちょっと前から、パソコンでお店のホームページを作る仕事を始めている。

「依頼が増えてきたって、おじいちゃんたちに話してたよ。そうだ、ドーナツ買ってきてってたのまれたんだった。シナモンの」

「シナモン？　シナモンのって、ねじってあるだけで穴がないじゃん。姉ちゃん、わかってないよな。ドーナツのよさは、穴があるってとこなのに」

ぶつぶつ言いながらも、おじさんは追加でドーナツを買いにいった。

（なんだかんだ言って、おじさんは母さんにやさしいよね……）

そうして、しばらくぼくが席でひとりになっていた時だった。

足にふわっとしたものがふれた。

気のせいかと思ったけど、またふれた。

テーブルの下をのぞくと、そこには白い子猫がいた。

（えっ、猫？）

ぼくの両手にのるくらいの、小さな子猫だ。

顔をこっちに向けているけど、その両目はぴったり閉じていた。

かさっと紙袋がこすれる音がして、ふり返ると、おじさんがうしろに立っていた。

買ったドーナツの紙袋を持ったまま、まるで幽霊にでも会ったような顔で子猫を見ていた。

子猫は小さな口を開いて、にゃー、と鳴くと、ちょうど開いた自動ドアから外へ飛び出していった。

大きな横断歩道のほうへ真っすぐかけていく。

信号は赤だった。

ぼくは思わず立ち上がった。

「危ない!!」

だけど、子猫は横断歩道の前で、ぴたりと止まった。

そして、信号機が青に変わると、たくさんの人といっしょに横断歩道を渡りはじめた。

ぼくとおじさんは、お店の窓越しにとことこ歩く子猫のうしろ姿を見た。

「おじさん……、猫って、信号わかるんだっけ?」

「いや、ふつう、わからないだろ」

「それにあの猫、目を閉じてなかった?」

「閉じてるように見えたな」

1
ドーナツ屋さんに来た子猫

ぼくの質問に早口で答えると、おじさんは緊張した声で話した。

「あの猫、オレが昔、家に連れて帰った子猫にそっくりなんだよ。それが、今日、なんでか、駅の改札を出たらいたんだ。まるで、オレのことを待ってたみたいに……」

「昔っていつ？」

「オレが小五の時だった……、夏だ」

「それっておかしくない？　だって、あの猫、まだ子猫だよ？」

子猫は横断歩道を渡り終えると、信号機の下のところで、こっちを向いてすわった。やっぱり、ずっと両目を閉じているように見える。

「なあ……、オレたちを待ってるみたいじゃないか？」

おじさんはそう言うと、テーブルに残していたコーヒーとお皿をすばやく片づけはじめた。

「ついていってみよう」

「う、うん」

ぼくも外に出て、急いで自転車のカギを外した。

ぼくらが横断歩道を渡ると、白い子猫は、さらに歩道の先へとかけていった。

ぼくは自転車で楽だけど、おじさんは走るしかない。ぼくは、おじさんの大きなバッグを自転車のカゴにのせてあげた。

商店街をぬけると、古いビルが多い裏通りになった。子猫は止まらず、どんどん先へ行ってしまう。おじさんは、早足で追いかけながらしゃべった。

「十二年前ぐらいかな……、塾帰りの夜に、白い子猫を見つけたんだよ。傷だらけでがりがりで、ほっとけなくてさ。その猫も、ずっと目を閉じてたんだ」

子猫が、ちらっとこっちを向いてビルの角を曲がった。

「あっ、左に曲がったよ」

「ま、待ってくれ」

おじさんは息を切らしながらも、続けて話した。

「うちの家、生き物を飼うのは絶対禁止だったから、自分の部屋にかくしてさ。救急箱から消毒液とってきて、必死に手当てしたんだ。それから一か月くらい部屋で飼っていた。今の直紀の部屋だよ」

「あの部屋で一か月も？　だれにもばれなかったの？」

「ばれなかった。その猫は、オレの言葉がわかるみたいだったんだ。『だれか入ってきたらかくれろよ、鳴くなよ』って言ったら、ちゃんと言うこと聞いたから……」

「それで、その猫、どうなったの？」

1

ドーナツ屋さんに来た子猫

「外に、出たそうにするから……、ベランダの窓を、開けてやったんだ」

リフォームしたけど、ぼくの部屋には今も小さなベランダがある。

「そしたら……、ベランダの柵のすき間から、下の塀に飛び移って出ていっちゃったんだけど、出て行く前に、塀の上でオレにおじぎしたような気がしたんだよ」

「おじぎ？」

「そうなんだ。四本足で立ったままだったけど、ぺこって。それで、それっきり、姿を見なくなった」

子猫が次の角を曲がると、いきなり雰囲気が変わった。

大きなお寺があって木がたくさん生えている。

そのお寺の裏の斜面いっぱいに、お墓がならんでいるのが見えた。

「こんなとこに墓場があるんだ」

「オレも、このあたりは来たことなかったな」

その上は、小さな森になっていた。マンションやビルにかこまれているけど、ずいぶん昔からある場所に見えた。

墓場の横に、長い坂道があった。

車が一台、どうにか通れる幅だ。墓場の反対側はツタがまきついた水色のフェンスが立っていて、道の先は木立の中で見えなくなっている。

子猫は、その坂道をかけ上がった。

鳥のするどい鳴き声がひびいた。

墓場の横の、長い坂道。

それは、そのあとのぼくが、ほとんど毎日、上がったり下りたりすることになる坂道だった。でも、この時はそんなこと、ぜんぜん予想していなかった。


坂道を上った子猫は、こっちを向くと、前脚をきちんとそろえたポーズですわった。

「直紀、自転車下りて押せるか？」

「うん、大丈夫」

大丈夫と言ったのに、おじさんは自転車のカゴにのせていたバッグを、引き取ってくれた。ぼくらが坂道を上って近づくと、子猫はまた先へ行った。

その先の坂道はU字にカーブしてもっと急だった。カーブの崖のところは、ごつごつした岩が突き出している。

カーブを上り切ると、道の両側から竹がかぶさってトンネルみたいになっていた。竹のトンネルの先に、ブロック塀にかこまれた家の屋根が見えてきた。

1
ドーナツ屋さんに来た子猫

一階建ての、古い旅館みたいな家だ。

うしろは森になっていて、ほかに家はない。

子猫は、その家をかこんでいるブロック塀にぴょんと飛び上がると、そのまま向こうへ飛び下りて、見えなくなった。

「あー、まいったな」おじさんが、頭をかきながらあたりを見回した。

「人んちに入られたら、さすがにもう追えないよ。そもそもこの道が、すでにこの家の私道かもしれないんだけどな」

「私道って何？」

「家の持ち主が敷地内に作った道だ。その家の敷地だから、だまって入ると、いきなり怒鳴られたりすることがある」

「ええっ」

「でも、この家、だれも住んでいないのかもな。雨戸が閉まってるし、物干しざおに何も干されてない」

せいいっぱい背伸びしたけど、ぼくには目の前の灰色のブロックしか見えなかった。

学校で背の順でならぶ時、ぼくはたいてい一番前だ。

「猫、中にいるの？」

「うん、すぐそこの庭石の上にいる」

おじさんは、思い切ったように大きな声を出した。

「シロ！」

塀の向こうから、にゃー、と鳴き声がした。

「今、返事したんじゃない？　おじさん、その猫のことシロってよんでいたの？」

「うん。やっぱり、シロなのかな……。もっと近くで見たいし、できたらさわりたい。このブロック塀、どこかから入れないかな」

ブロック塀を回りこんでみると、角を曲がったところにこの家の門があった。そこだけ低い鉄柵になっている。

鉄柵越しに、家の玄関も見えた。ノブのあるドアじゃなくて、昔風のガラスの引き戸だ。

そこに、大きなはり紙があった。

貸家
連絡先　水野不動産

☎×××—×××—××××

「そっか」おじさんがとがった鉄柵の上から、中をのぞいて言った。「貸家なら、人の気配がないのも納得だ」

「貸家って、家を丸ごと貸しますってこと？」

「まあ、そういうことだな」

（墓場の裏にある、古い一軒家……、これっていかにも……）

ぼくはそわそわしていたけど、おじさんはもう鉄柵が刺さりそうなほど身をのり出して、必死に中をのぞきこんでいる。

「あっ！」

おじさんがうれしそうな声をあげて、勢いよくしゃがんだ。

すると子猫が、鉄柵の下をくぐって出てきた。

出てきた子猫は、にゃー、と鳴いて、おじさんの足に何度も体をこすりつけた。

「お、おまえ！　やっぱりシロなんだな！」

おじさんは、恋人に再会したんじゃないかってくらい派手に感激していた。すぐに子猫をひざにのせて、小さな体をあちこち確認した。

「もう、どこもケガはしてないな？」

子猫は、おとなしくじっとしている。

ぼくは、ちょっとためらってから聞いた。

「ねえ、その猫、目は見えてるの？」

「それがさ、前もずっとつむってたんだ。だから、オレも最初は目が見えない猫なのかと思ったんだよ。でも、しっかり見えてるみたいなんだよな。なあ、シロ、あれからどうしてたんだ？　ずっと心配してたんだぞ～」

おじさんが話しかけながら、子猫の体をそうっと抱きしめていた時、声がした。

「内見の方ですかな？」

ふり向くと、すぐうしろに、お相撲さんみたいに体の大きな男の人がいた。

「えっ？」

ぼくは思わず飛びのいた。

「うわっ！」

おじさんは、子猫を抱いたまましろにこけた。

いきなり現れたその男の人は、あたたかそうなダウンジャケットを着ていた。ふわふわした明るい茶色の髪が、頭の上で盛大にはねている。

1
ドーナツ屋さんに来た子猫

「おやおや、シロ、遊んでもらっていたのですか？」

男の人も子猫を「シロ」とよんだ。シロはおじさんの腕からぬけ出すと、かがんだその人の胸に、ぱっと飛びついた。すごくなついているようだった。

「すみません、勝手にこんなところまで入りこんじゃって」

おしりについた砂をはらいながらあやまるおじさんに、男の人は名刺を差し出した。

「わたくし、こういう者です」

水野不動産
代表取締役　水野　又吉
××市×××町×丁目××—×
ネオハイム水野102
☎×××—×××—××××

「あっ……、この家を管理されている方なんですね？」

受け取った名刺を見ておじさんが言った。

「ええ、坂の下に、オレンジ色のマンションがありましたでしょう。そこの一階がわたしどもの事務所になっております」

　ぼくも名刺を見せてもらった。おじさんと部屋を探していて知ったんだけど、〝不動産〟って名前がつくのは、部屋とか土地を貸したり売ったりする会社だ。代表取締役っていうのは、社長みたいな人のはずだ。

「すぐに中へご案内できますので、少々お待ちください」

　水野さんは持っていたバッグからカギ束を取り出して、その中のひとつを門のカギ穴に差しこんだ。

（おじさんが探しているのはひとり暮らし用の小さい「部屋」のはずで、こんな大きな「家」はちがうんじゃないかな）

　おじさんも、ちょっと「どうしよう」みたいな顔になっている。でも、水野さんはまるで、手品みたいに手際よくカギを開けて、すでに玄関の中まで入っていた。

　ぜんぜん断れる雰囲気じゃない。

「それじゃあ……、えーと、少しだけ見せていただきますね」

　ためらいがちに言うおじさんといっしょに、ぼくも家に入ることになった。

　家の中は、外と同じくらいひんやりしていた。

「電気を止めておりますので、足元にお気をつけて」

水野さんが出してくれた大人用スリッパを、ぼくもはかせてもらった。

閉め切っていて暗いのに、水野さんは、すたすたと廊下を歩いて奥へ進んだ。ぼくらが、そろそろとついていくと、シロもうしろからついてきた。

「うわっ」

ごんっ、とにぶい音がして、おじさんがしゃがみこんだ。

暗い座敷の入り口で、おでこをぶつけたらしい。

「この家、全体的に造りが小さいのかな？」

おじさんはおでこに手を当ててぼやいた。けっこう痛かったようだ。

「ええ」水野さんの声が、座敷をひとつ通りぬけた先から聞こえた。「この家は、今時の建物よりひと回り小さいのです。改築を重ねておりますが、元々は、江戸時代の中期に建てられたものですから」

ガタガタと大きな音がして、光が入ってきた。縁側にいた水野さんが、雨戸を開けはじめたんだ。

中が洞くつみたいに暗いから、差しこんでくる光がすごくまぶしい。

雨戸が開けられると、庭の景色が映画館のスクリーンみたいに見えてきた。

1
ドーナツ屋さんに来た子猫

その時、ぼくはちょっとの間、動けなくなった。

緑のコケが生えた庭が、ものすごくきれいだったから。

（わあ、きれい……）

おじさんと水野さんは、座敷で立ったまま話を始めた。

ぼくは玄関から自分のくつを取ってきて、ひとりで縁側から庭へ下りた。庭には、すごろくのマスみたいに飛び石で道が作られていた。

そっと、三つ目の石まで進んでみた。

おじさんと水野さんの話はまだ続いていた。

水野さんにいろいろ質問されて、おじさんは、三月に大学を卒業するけど、就職先がまだ決まっていないことや、家賃が安い部屋を探していることをぽつぽつと話していた。

うずうずしながら話が途切れるのを待って、石の上から声をかけた。

「おじさん、この庭すごいよ」

おじさんが「おっ」という顔になった。

「ほら見て、緑のじゅうたんみたい。石の道もある！」

「おいおい、コケと石でそんなに興奮するか？」

笑いつつ、おじさんもくつを取りにいって、庭へ下りてきた。

「ああ、いいな。オレもこういうとこ好きだ。ちょっと暗くてしめっぽいけど」

石の道を踏み外さないように、大げさにバランスを取りながら、ぼくのところまで来ると、ふいに言った。

「そうか……、この庭は北向きなんですね」

水野さんも庭へ出てきて説明してくれた。

「ええ、この庭は北を向いております。日が当たりにくいですが、夏はとてもすずしいですよ。今はまだ寒いので冷えますがね」

飛び石の道をぜんぶ進んだあと、ぼくは縁側に腰かけた。

「外へ出たついでに、ガス給湯器の説明などもしておきましょう」

おじさんと水野さんは建物の角を回りこんでいったけど、ぼくは、そのまま縁側にすわっていた。

庭の正面には、山が見えた。

街のずっと北のほうにある高い山で、ふだんは建物がじゃまして見えない。でも、ここからだとさえぎるものがまったくない。

「ここ、ほっとする」

寒くなってきたのでくつをぬいで、ひざを抱えてすわり直した。

しばらくすると、水野さんがそばにやってきた。

「よっこいしょ」大きな体で、水野さんはぼくと同じようにひざを抱えてすわった。

「この庭が気に入りましたか？」

そう言って、じっとぼくの顔を見てくる。ぼくがだまってちょっとだけうなずくと、水野さんは糸みたいに目を細くしてゆっくりとうなずき返した。

（この人、ふしぎだな……）

その時、どうして「ふしぎ」と思ったのかわからない。だけど水野さんは、ぼくが知っているほかの大人の人たちとは、何かちがう感じがしていた。

ぼくとならんですわった水野さんが、立って庭を見ていたおじさんに声をかけた。

「そうそう。こちらの家、お家賃はひと月おいくらだと思います？」

おじさんは「えっ」と言ったあと、「うーん」と腕を組んでうなった。

「駅から徒歩圏内ですし、八万円……ってことはないですよね、古いけどりっぱな一戸建てだし」

「ぬふふっ」

水野さんが変な声を出して笑った。

「五千円です」

「はあっ？　ごっ、五千円？　ひと月でですか」

おじさんは目をぱちぱちさせた。

「ええ、ひと月五千円です。電気・水道・ガスはご自身で払っていただかねばなりませんし、火災保険にも入っていただかねばなりませんがね。あとたまに出ることもあって……」

「出る⁉　霊とかそういう……？」

「あはは。なんてね」

水野さんは「よっこいしょ」と言って、今度は立ち上がった。

「こちらとしましては、タダでもいいからだれかに住んでもらいたいのです。今からその理由をご説明しましょう」

水野さんに続いてぼくも立ち上がった。

前の週におじさんと見た部屋は、どれもせまくて家賃は五万円以上した。それで、おじさんは「家賃だけならいいけど、光熱費や通信費や食費もいるからなあ」って悩んでた。

（五千円なら……、おじさんでも余裕で借りられるんじゃないかな）

1
ドーナツ屋さんに来た子猫

外がだんだん暗くなっていた。

外よりも、もっと暗くなった座敷で、水野さんが話しだした。

「半年前まで、この家は裏の墓地の下にある、お寺の住職にお貸ししていたのです。住職はわたしの友人でしてね。わたしもよく、この家でいっしょにお酒を飲んだり、夜が明けるまで将棋を指したりしたものです」

話している水野さんの目が、すーっと細くなった。

「ですが、昨年の秋、彼は体を悪くして入院し、そのまま亡くなってしまいました。それから半年ほど空き家になっております」

「そうだったんですか……」

おじさんが、しんみりとうなずいた。

水野さんは、むにゃっとした笑顔になると、天井をぐるりと見回した。

「先ほど、この家は江戸時代の中期に建てられたものだと申しましたでしょう？建てたのはたいへん裕福な商家でしてね、ごらんください、あの欄間を……」

水野さんが「欄間」と言って指差したのは、ふたつの座敷の境目のところだった。

天井の下に、鶴と松の木が彫られた板がはめられている。

「光を取り入れて、風の通りをよくするための部分ですが、たいした作品なのですよ。それから……」水野さんは笑顔のまま、座敷の奥のふすまに近づいた。

「この梅の絵も、相当に価値のあるものです」

ふすまには、ぼくよりも大きな梅の木が勢いよく描かれていた。

「ほら、半年人が住まなかっただけで、もう紙が浮いてきております。人が住んで風通しをよくしないと、このように湿気を吸ってすぐ傷んでしまうのです」

たしかに紙が少しふくらんで見えた。

水野さんはおじさんに、ずいっと一歩近づいて言った。

「あなたは就職が決まらず、お金がないというお話でしたが、どうですか？　月五千円でも無理ですか？」

「いえ、五千円なら、でも……」おじさんは近づかれた一歩ぶん、あとずさりして答えた。

「こんな大きな家にオレひとり、っていうのはちょっと……」

その時、それまで座敷の隅にいたシロが、とととっ、とかけよってきた。

おじさんの足に頭をくっつけて、にゃー、と鳴く。

水野さんがまた、むにゃっと笑った。

1
ドーナツ屋さんに来た子猫

「よろしければその猫、こちらの家で飼っていただいてかまいませんよ」

その言葉で、おじさんは雷に打たれたみたいになった。

「ええっ、この猫、飼っていいんですか！」

「はい。賢い猫ですから、家を傷つけたりしませんし。元々、この家で住職が飼っていた猫だったのです。彼が亡くなったので、わたしが自宅のマンションで面倒を見ていただけですから」

シロを抱き上げたおじさんの目はなんだかうるんでいた。おじさんって、猫がすごく好きなんだ。スマホで、猫の動画をしょっちゅう見せてくる。

おじさんはシロを抱き上げて、家をもう一度ゆっくりと見回した。

それから、改まった感じで水野さんにたずねた。

「あの、この猫、もしかして、ずっとこの大きさですか？」

「ええ、ずっと小さいままです。そういう種類なんでしょう」

水野さんは、おじさんから目をそらして答えた。

「そうですか……」

おじさんは確認するようにうなずくと、もうひとつたずねた。

「この家で飼われていたって話でしたけど、いつからだったか、水野さんはごぞんじですか？」

「シロがここに来たのは、そうですね、十二年くらい前でしたかね。ふらっとやってきて、住職が飼うことにしたようです」

（十二年前ってことは……、おじさんが家に連れて帰った子猫はやっぱりシロで、おじさんの部屋を出たあと、シロはここにいたってことなのかな？）

「十二年前……」

おじさんはかみしめるようにつぶやいて、腕の中のシロを見つめた。そして、水野さんに向き直ると、「一晩、考えさせてください」と言った。


その日のうちの晩ごはんは、すき焼きだった。

おじいちゃんとおばあちゃんが住んでいる一階のダイニングで、みんなでいっしょに食べた。おじさんはぼくとふたりの時はよくしゃべるけど、家に帰るとものすごく無口になる。

「非常勤で働ける高校はありそうなの？」

母さんにそう聞かれて、

「応募はしているけど、連絡が来るとしたら春休みらしいよ」

とだけ答えていた。

　食べ終わるとおじさんは、すぐに二階のぼくの部屋へ来た。

「ひさしぶりに走ったから、筋肉痛だ〜」

　そう言って、しいた布団の上でごろごろ転がっていた。

　それから仰向けのまま、ベッドの上にいるぼくに聞いてきた。

「なあ、直紀は、あの家どう思う？」

「えっ、コケの庭がすごくきれいだったし、いいなって思ったよ。でも……」

　ぼくは、その先をなんて言ったらいいのか迷った。

「なんだか、その……、今日のことって、いろいろ変じゃない？」

　ぼくがどうにかそれだけ言うと、おじさんは布団の上にすわり直した。

「オレもそれは感じてるよ……」

　それから、さらっとつけたした。

「やっぱり、『出る家』なのかもな……、何か、やばいものが」

　ぼくは思わず怒ってしまった。

「もうっ、ぼくもそう思ってたけど、怖いから『出そう』なんて言わないようにしていたのに！」怒った勢いのまま続けた。「おじさんは何か出るかもしれない家でも、ひとり暮らししたいの？　この家にもどって、また、ぼくらといっしょに住んだらいいじゃん。この部屋、ふたりで使おうよ。ぼく、おじさんにいてほしい」

「うーん……」

おじさんは両手で髪をくしゃくしゃしながらうなった。

それから、その両手をぱたっとひざに置くとうつむいたまま話しだした。

「でも、オレはシロのことが気になる。シロは、きっと何か特別な事情がある猫なんだよ。見つけた時、傷だらけでがりがりだったって話したと思うけど、本当にひどい状態だったんだ……。そのシロがオレの前に現れて、あの家にオレを連れていった。なぜだかわからないけど、住んでほしいみたいだろ？」

「う、うん……」

「だから、オレ……、あやしい家でも住んでやりたい」

おじさんはもう、すっかり覚悟を決めた表情になっていた。

そして、その次の日、おじさんはひとりで水野不動産に行って、家を借りる契約をした。

2 引っ越しの日

おじさんの引っ越しは、三月の春休みに入る前だった。

土曜日だったから、ぼくも手伝いにいけた。

引っ越し屋さんの軽トラックが帰っていくと、庭にシロがやってきた。

「おお、シロ！」

おじさんが庭へ下りてかけよると、シロもうれしそうに、ぴょんと腕の中に入った。

「今日からいっしょだぞ、よろしくな」

おじさんに抱っこしてもらっているシロを見ていると、ちょっとうらやましいような、変な気がしてきた。ぼくは、庭に背中を向けて、縁側で段ボールのガムテープをはがしていた。

　すると、男の人の声がした。

「こんにちは」

2
引っ越しの日

ふり向くと、ブロック塀のところから、男の人が庭をのぞいていた。

大きな体に、ふわふわの茶色い髪の毛。

不動産屋さんの水野さんだった。

「あ、水野さん、お世話になってます」

おじさんが、シロを抱っこしたままおじぎした。

「シロはもう先に来ちゃってましたか。今朝は早くからずいぶんそわそわしてましたよ」

水野さんは、ブロック塀についている小さいドアから入ってきた。そのドアは「勝手口」といって、ふつうのドアの二分の一くらいのサイズだ。

ぼくがくぐるとちょうどいいんだけど、水野さんは体が大きいのできゅうくつそうだった。

「これ、どうぞ」

水野さんはぼくがいる縁側まで来て、重そうなレジ袋をどすんと置いた。

中をのぞくと、お持ち帰り用のおそばが入っていた。

「えっ、おそば……、いただけるんですか？　……ありがとうございます」

おじさんものぞいてきて、なんだかとまどった感じでお礼を言った。

「むふふ、ここのおそばはおいしいんですよ」

「引っ越しの日に、そばを配る」という風習があることを、ぼくは初めて知った。

　ちょうどお昼だったから、そのおそばを食べることにして、ぼくとおじさんと水野さんの三人で、座敷に置いた丸いちゃぶ台をかこんだ。

　おいしいおそばだったんだけど、なんだかシーンとなった。

　引っ越しの片づけ中だから、縁側の戸を全開にしていた。

　おそばをすする音にまじって、裏の森から鳥の鳴き声や、街を走る車のエンジン音がやけによく聞こえた。

　おじさんが沈黙を破って口を開いた。

「あっ、今、『ホーホケキョ』って聞こえましたよね。あれって、ホトトギスでしたっけ？」

「いいえ、『ホーホケキョ』はウグイスです。ホトトギスは『てっぺんかけたか』と鳴きます」

（水野さんって鳥にくわしいんだなあ）

　ぼくは素直に感心した。

「まあ、どちらも骨ばかりでたいしてうまくはありません。おそばのほうがずっとおいしい」

2
引っ越しの日

「そう、なんですか……？」

おじさんが困ったように返事をして、またシーンとなった。

食べ終わって台所へ行くと、お茶をいれる準備をしていたおじさんが、小声で言ってきた。

「あのな、直紀。おまえが変なこと覚えないように言っておくけど、ふつう、不動産屋さんは、引っ越し先に上がりこんできて、いっしょに引っ越しそばを食べたりはしないんだぞ」

「えっ、そうなの？」

「ああ。自分のそばだけ特盛にして持ってきたりもしない。でも、あの人がやると自然なんだよなあ、やたら人なつっこいというか。この家にもよく来てたみたいだしなあ」

「何か、今、わたしのことを話されていました？」

ふり向くと、水野さんが廊下に立っていた。空になった自分のおそばの容器を持っている。

「い、いいえ、何も。あの、すぐお茶をお出ししますね」

おじさんがあせって言った。

（水野さんって、気配がぜんぜんしない人だなあ）

ぼくはまた、変なところに感心した。

水野さんは台所に入ると、大きな丸っこい手で、てきぱきと自分の容器を片づけた。ぬれた手をポケットから出したハンカチでていねいにふくと、大きな体をくるりと回し、水野さんはおじさんの正面に立ち、話しだした。

「一臣さん……、あなたはこの春まで大学で、化学の勉強をされていたとうかがいました。化学というのはたしか、物質が何からできているかだとか、どんな変化をするかなどを研究する学問でしたね」

「ええ、はい……、そんな感じです」

おじさんが、きょとんとして答えた。

「では、一臣さんは、『お化け』や『妖怪』といったものについて、どうお考えですか？」

「お、お化けや妖怪？」

おじさんは目を丸くして聞き返した。

「そうです」

水野さんは、おじさんの顔をじいっと見ながら、さらに聞いてきた。

「変なものが急に出たとか消えたとか、正体のよくわからないふしぎなもののことが、

2
引っ越しの日

昔からいろいろと語られていますよね？　ああいった話は、すべてばかばかしい作り話だと思われますか？」

（水野さんはどうして、こんなことを聞くんだろう？　やっぱりこの家、出るのかな……）

　お湯がわいて、ピーッ、とやかんの笛が鳴りだした。

　おじさんは火を止めると、水野さんに向き直って真剣に答えた。

「オレは……、ばかばかしいなんて思いません。人は自分の見たいものだけを見て、世界のすべてを知った気になってしまう。でも、この世界は広くて複雑です。まだ人が理解できていないふしぎなものたちだって、きっといるってオレは思います！」

「ほう」

　水野さんは、ものすごくうれしそうに目を見開いてほほえんだ。

「まだ人が理解できていないふしぎなものたち……ですか、なるほどねえ」

　目を見開いてほほえむ水野さんと、真剣な顔のおじさんは無言で見つめ合った。

　ぼくは、そんなふたりを交互に見上げた。

　しばらくして、水野さんが、ぽん、と手を打った。

「そうそう、ひとつ、お願いし忘れていたことがありました」

そのまま、「ちょっと、こちらへ」と言いながら台所を出ていく。

ついていくと、水野さんはふたつの座敷の真ん中に立って、上のほうを指差して言った。

「こちらの欄間ですが……」

指差しているのは、前に江戸時代のものだと話していた、鶴と松の木の彫り物のところだった。

「下に、かけてあるものに気づきましたか？」

見ると、金属のフックに長い棒がかけてあった。座敷の半分くらいの長さで、先に白い布が巻かれている。ぼくは手が届かなかったけど、おじさんは、ひょい、とさわって言った。

「ええ。これ、長いから〝長刀〟かなって、思ってたんですけど」

「長刀ではありません。槍です」

「槍……」

「先の『穂』の部分がさびてぼろぼろなのですが、決して捨てないでくださいね」

「まさか、捨てたりしませんよ」おじさんが槍に手をのばしたまま答えた。

「よかった。……約束ですよ」

2
引っ越しの日

そう念押しすると、水野さんは続けた。

「それで、一臣さん……、もし、万が一ということですが、この家に住んでいて、何か危ないことがあったら……」

「危ないこと？」

おじさんが水野さんの言葉をさえぎった。

「ええ、なんだか、危険なものに襲われた時などです」

細めた水野さんの目が、あやしく光って見えた。

「ほら、ここはちょっと人気がありませんでしょう？　助けをよんでも、いちばん近いのが坂の下の、わたしが住んでいるマンションです。声も届きませんし、わたしが必死にかけつけたところで間に合いませんから。そういう時は、その槍で……、思い切って、やっちゃってください！　ぶっすりと！」

最後の「ぶっすりと！」のところで、水野さんの目が、ぎらっと見開いた。

そのあと水野さんは急に思い出したみたいに、腕時計に目をやった。

「おっと、わたしは午後の仕事がありますので、もうこれで。せっかくですが、お茶はまた今度いただきます。一臣さん、今日からシロをよろしくお願いしますね」

しゃべりながら庭へ下り、ぼくたちに向かってひとつおじぎすると、あわただしく勝手口から出ていった。

「なあ、あの人……、何かものすごくやばいことをかくしている気がしないか？」

「うん」

（さっきのお化けと妖怪の話も変だし、水野さん自身も変だ。それに……）

ぼくは、部屋の隅にいるシロをそっと見た。

シロが大好きなおじさんには言えなかったけど、ぼくは、シロのことも変だと思っていたんだ。

「うわっ」

シロを見ていたら、おじさんがひとりで槍を下ろそうとしてよろけた。

「大丈夫？」

あわててぼくも支えて、ふたりでなんとか畳の上に置いた。

槍はびっくりするくらい重かった。ぼくひとりじゃ、とても持てない。

巻いてある白い布を取ると、さびた先端の「穂」の部分が出てきた。真っすぐな刃から、枝わかれした小さな刃がひとつ出ている。

「こういうの、たしか、片鎌槍っていうんだよ」さびた刃にふれながら、おじさんが言った。

2

引っ越しの日

ぼくもさわってみた。

さびがひどくて、刃の全体がぼこぼこしていた。

「これだけさびてたら、さわってケガすることはなさそうだね」

「ああ、あまり危なくないのはうれしいよ。こんなぼろぼろでもふり回せば、武器にはなるかな」

元通りに欄間の下にかけるのが、またたいへんだった。おじさんは何度か障子を突き破りそうになりながら、どうにかもどした。

「ふう、でもまあ……」

おじさんは畳にぱたっと仰向けで横になると、うーんとのびをしてから言った。

「今日は無事に引っ越せてよかった。まだ、片づけが残ってるけど……」

座敷の柱にもたれてすわって、ぼくも一息ついた。

庭から、すーっと冷たい風が入ってきた。家の中はうす暗くて、本当にどこからでも何か「出そう」だった。

「おじさん……、この家に夜もひとりって、大丈夫なの？」

「まあ、気味は悪いよな。それでも、やっぱりうれしいかな」

こっちを向いたおじさんは、笑顔で言った。

「だって、オレが初めて自分で借りる家なんだぞ。今までの下宿は、父さんと母さんにお金出してもらってたからさ」

（そっか、おじさんは、大人になっちゃったんだ……）

ぼくはさみしいような気がしていた。

おじさんは体を起こすと、縁側にいたシロに話しかけた。

「シロがこの家に連れてきてくれたおかげだよ。あんまりいいエサは買ってやれないかもしれないけどな」

シロが答えるように、にゃー、と鳴いておじさんのひざに飛びのった。

おじさんもシロもうれしそうだけど、ぼくはよろこべなかった。

（こんな近所に家があるなら、もう、ぼくの部屋に泊まることもなくなるのかな）

そう思った時、おじさんがシロを抱いて立ち上がった。

「で、こっちのとなりの座敷は、直紀、おまえの部屋にしていいぞ」

「えっ、ぼくの部屋？」

おどろいた。となりの座敷って、すごく広い。

「ほら、ちょうどいい机もあるだろ。いつでも来て、好きなように使えよ」

「ほんとに？　いいの？」

2
引っ越しの日

「いいよ。オレはずっと、おまえに『遊びにこいよ』って言えるようになりたかったんだ」

おじさんの腕（うで）の中のシロも、ぼくのほうを向いてうれしそうに、にゃー、と鳴いた。

春だな。
土がゆるんできたせいで、よく目が覚(さ)めるようになった。
青年が家に住みはじめたようだ。
坊主(ぼうず)が飼(か)っていた小さいのももどってきた。
この庭を「ほっとする」と言っていた、あの子どももよく来る。
長い時間、ひとりであきもせず庭にいる。

春とともに鬼(おに)が来た。
又吉(またきち)は、青年に鬼(おに)のことを何も話していないらしい。
青年がどうするか、ためす気なのだろう。
だが、気づかれないまま、鬼(おに)が弱ってきている。
苦しんでいて、かわいそうだ。
放っておけば、このまま消えてしまうかもしれない。
オレだって、よけいなことはしたくはないんだが。

3 だれの声？

春休みになって、ぼくはおじさんちへ毎日通った。

最初、ぼくは自分の座敷と縁側だけを、ぞうきんでぴかぴかにふいていた。

でもすぐに、おじさんが使っている座敷や廊下までふくようになった。

おじさんが、広い座敷をひとつ丸々、「ぼくの部屋」にしてくれたことへの、お礼のつもりだった。

それに、おじさんが、「掃除機をかけると、シロが怖がる」とか言って、ぜんぜん掃除しないからだ。

ただ、おじさんは流しとか洗面台、お風呂やトイレは熱心に掃除していた。「今、漂白剤使ってるから近寄るなよ！」って、しょっちゅう言われた。

水まわりはおじさんが、それ以外のところはぼくがふきまくるので、おじさんちはいつもきれいだった。

そうじをしたあとは、一日中、庭の草や木を調べて過ごした。
ぼくは草木が好きなんだけど、それは、亡くなった父さんのことを聞いてからだと思う。

亡くなったのはぼくが三つの時で、ぼくは何も覚えていない。父さんは写真を撮られるのが好きじゃなかったみたいで、家にはかざる写真もない。でも、植物の本や標本がたくさん残されている。

父さんは、植物にすごくくわしくて、いっしょに歩いている時に、道に生えている植物の名前を聞くと、ぜんぶ答えられる人だった、っておじさんが話してくれた。

「すごい！　ぼくもそんなふうになりたい！」

そう言って小さい時から、ぼくも草や木を注意して見るようになった。

道の隅っこに生えてる草にだって、名前があるって知ると、なんでもない景色もなんだかにぎやかに見えてくる。

木も、よく見ていると、葉っぱを出したり、散らしたり、けっこう忙しそうだ。

だけど、ひとりで草木のことを調べるのはたいへんだった。図鑑や本だけだと、調べたいものがなかなか見つからないから。

それが、おじさんちに通うようになってすごく楽になった。おじさんが座敷にあっ

3

だれの声？

た机に、古いパソコンを置いて、ぼく専用にしてくれたおかげだ。

例えば「庭木、低い、丸い葉」という単語で、画像検索すると、たくさんの木の写真が出てくる。その写真を一枚ずつ見ていくと、案外、探していた木が見つかる。

おじさんちの庭には、街中ではあまり見かけない植物があって調べがいがあった。

そうして、庭の草木を調べていたせいで、ぼくは庭の雰囲気というか、空気みたいなものに、なじんでいたのかもしれない。

いきなり変なことに出くわしても、逃げ出さずにいられるくらいに。

四月の初めのその日も、ぼくは庭で草や木を見ていた。

ちょうど、庭石のわきから生えている、黒くて細長い葉の植物が、コクリュウという名前だって知ったところだった。コクリュウの黒い実が落ちてないか、細長い葉をかきわけて探していると、何か聞こえた。

「ミズ、……クレ」

葉っぱや枝が風で転がったくらいの小さい声だった。

気のせいかと思って忘れかけたころ、もう一度聞こえてきた。

「ミズ、……クレ」

（え、人の声？）

あたりを見回してみても、特に何もない。

縁側で、シロが顔をこっちに向けていたけど、別にふだん通りだった。

座敷ではおじさんが、ものすごく集中してパソコンに向かっていた。おじさんは非常勤の先生として、週明けからふたつの高校へ行くことが決まったところだった。引っ越しの手続きもいろいろ残っているみたいで、しょっちゅう座敷を出たり入ったりしていた。

（じゃましたら悪いし、もう一回聞こえたらおじさんに言ってみよう……）

でも、声はそれきり聞こえなくなった。

しばらくして、今度こそすっかり忘れそうになった時、突然、別の声が聞こえた。

――ツクバイに、水を入れてやれ
（今のは絶対に気のせいじゃない！）

若い男の人のような声だった。すっと吹いてきた風にのって、耳のすぐそばでささやかれたみたいにはっきり聞こえた。

ふしぎだけど、初めて聞いたその声を、ぼくはまったく怖いと感じなかった。

はじかれたように立ち上がると、ぼくは縁側に飛んでいった。

3

だれの声？

「おじさん！　『ツクバイ』って何？」

「ツクバイ？　えーと、そこにある石でできた鉢のことかな。なんで？」

パソコンの前のおじさんが、きょとんとした顔で見てきた。

「『ツクバイに、水を入れてやれ』って、今、庭でだれかが……」

早口で言いながら、ぼくは縁側に上がり、風呂場へ行って洗面器に水をくんだ。あわてたせいで、庭に持っていく途中、座敷でいっぱい水をこぼした。

言われてみたら、ぼくは水が入った「ツクバイ」を見たことがあった。和食屋さんの入り口なんかにも置いてある、石や焼き物でできた水入れだ。

メダカが泳いでいることもあるし、竹から水がちょろちょろ流れていることもあった。

この庭の「ツクバイ」は、ちょうどぼくとおじさんの座敷の前あたりにあった。

さっきまで、ぼくがしゃがんでいた場所のすぐそばだ。

たまっていたカサカサの落ち葉を手でかき出して、洗面器の水を入れた。

「どうした？」

おじさんが縁側へ出てきたので、ぼくは「しーっ」と言った。

「？」という顔になったままのおじさんとならんで、縁側からツクバイの様子を見ていると、ポチャン、と小石が水に落ちたような音がした。

水紋が広がって、しばらくすると、さっき入れた水が減っていった。

「おいおい、ツクバイが、水を吸ってるってことか？」

おじさんが身をのり出した。

入れていた水がすっかりなくなると、人っぽい形をした透けたゼリーみたいなものが、ツクバイの中で立ち上がった。シロより、ちょっと大きいくらいのものだ。ツクバイから出て、コクリュウの葉をゆらして進み、松のそばにある平たい石の上によじ登った。

そのまま、じっと動かなくなった。

そこに、いるような、いないような。

見えるような、見えないような、よくわからない。

「おじさん、ちょっと近づいてみない？」

「そ、そうだな……」

ふたりで庭に下りて、そろそろと近づいた。

すると、それはしゃべった。

「ミズ、……モット」

3
だれの声？

「うわあああああ！」

急にあとずさろうとしたおじさんが、バランスをくずしてしりもちをついた。

正直、ぼくはおじさんの悲鳴のほうにおどろいていた。

「み、水野さん……、水野さんに相談しよう！　直紀、オレがこいつを見張ってるから、水野不動産まで行ってよんできてくれ！」

「う、うん。でも、おじさんひとりで大丈夫？」

「大丈夫じゃないけど、だれかが見張っとかなきゃ……」

水野不動産は坂のすぐ下だ。

庭を飛び出して、ぼくは急いで坂道をかけ下りた。

竹のトンネルをくぐって、U字のカーブを曲がると、坂の下に、明るいオレンジ色の建物が見えてきた。

四階建てのどっしりしたマンションだ。一階の窓ガラスに一文字ずつ、緑のペンキで、

水野不動産

と、書いてある。

事務所なのは一階の半分だけで、ほかは賃貸の部屋になっている。建物ぜんぶが水

3

だれの声?

野不動産のもので、水野さんは屋上部分に建てた家に、ひとりで住んでいるっておじさんから聞いていた。

もう営業時間だし、水野さんは事務所にいるはずだった。

ところが、事務所の入り口のドアに、白いプレートがかかっていた。「臨時休業」と印刷されたプラスチックのプレートだ。

「えっ、休みってこと？」

そのすぐ横に紙もはられていた。丸っこい手書きの文字で何か書かれている。

東北の♨へ行ってきます　!(^^)!

しばらくぼうっとしてしまったけど、ぼくは大急ぎで庭へもどった。

おじさんはしりもちをついていた場所に、しゃがんでそのまま待っていた。

「水野さん、温泉に行ってていないみたい。温泉のマークとか、顔文字が書かれた紙がドアにはってあったよ。留守にする時って、あんなふうに行き先まで書くものなの？」

息を切らせて報告すると、おじさんはあきれたように言った。

「いや、書かないだろ。留守だってばれたら泥棒が入ったりして不用心だし。やっぱり、あの人、変わってるよな……」

ゼリーみたいなものは、平たい石の上でじっとしていた。

「おじさん、どうする？」

おじさんはしゃがんだまま、縁側にいるシロをふり返った。

「うーん……、危ないやつだったら、シロがもっと警戒すると思うんだ。動物って、危険を察知する力がすごいだろ」

シロはふだん通り、前脚をそろえてお行儀よくすわっている。

「せめて、これがもう少しはっきり見えたらなあ」

おじさんが冷静になってきたので、ぼくもとなりにしゃがんで考えてみた。

「色付きのスプレーを吹きつけるとか？」

「スプレーなあ……、流れ落ちるんじゃないか」

「あっ、今度あげる水に、色を混ぜてみるのはどう？」

「直紀、それ名案じゃん！　さすがオレの甥」

ほめられたぼくは、うれしくてにこにこしてしまった。おかしなことが起きているのに、おじさんもちょっと楽しそうだった。

3

だれの声？

次は、水に何を混ぜるか相談した。

「墨汁」や「絵の具」は、体に入れると害があるかもしれない。「醤油」は塩分のとりすぎになるかもしれないし、「カレー粉」は刺激物だから心配だ。

その時おじさんが「食用の色素」のことを思いついて、ぼくがスーパーに買いにいくことになった。

食用の色素はお菓子の材料が売られているところにあった。

食べ物に色をつけるものだから、あまり害もなさそうだ。青とか緑もあったけど、ぼくは赤色を買った。

買ってきた色素を、洗面器の水に溶かしてツクバイに入れた。

ゼリーみたいなものは、すぐにやってきて、ボッチャン、と前より派手な音をたててツクバイに入った。そのまま、お風呂に浸かったようにじっとしている。

「水に色がついていることは、ぜんぜん気にしてないみたいだね」

「ああ、うまくいきそうだな」

縁側から、おじさんとふたりで見守った。

三十分後には、ゼリーみたいなものの体が、うっすらピンク色になっていた。

色付きの水をぜんぶ吸い終わると、短い足でぺたぺた歩いて、平らな石の上へもどった。体の部分が大きくて、手が地面につくほど長いのに、足は短い。

「表面がもじゃもじゃしてない？」

「うん。どうやら裸ではないらしい……。いや、もじゃもじゃが体の毛だったら、やっぱり裸なのか？」

ゼリーみたいなものは、ツクバイに水を入れるたびに、よろこんで入りにきた。水を吸って大きくなると、体に生えているもじゃもじゃが草っぽいこともわかってきた。ぼくとおじさんは、それを「草男」とよぶことにした。

そのまま観察していると、草男の大きくなるペースが、途中から急に上がってきた。少しの水で、どんどん大きくなっていく。

ぼくと同じくらいの大きさになると、さすがに心配になってきた。

「どこまで大きくなるんだろう」

「あんまりでかくなると気味悪いよな。日も暮れてきたし、そろそろやめとくか」

草男は、松のそばの平らな石の上が好きみたいで、ツクバイから出るとすぐにそこへもどった。そして、縁側にいるぼくらに背を向けてすわった。

庭の正面には、街の北にある高い山が見えている。草男は、その山を見ているようだった。

3

だれの声？

「なあ、直紀、今日こっちに泊まっていかないか？　あいつ、危ないものじゃなさそうだけど、さすがにオレもひとりじゃ落ち着かないし……」

「えっ、泊まる泊まる！」

「よし！」おじさんが母さんにメッセージを送ると、母さんからは一言、「歯みがきちゃんとさせてね」とだけ返ってきたらしい。

おじさんが作ってくれたチャーハンを食べて、こたつから布団をはがして、ぼくのぶんの布団セットを用意していたら、外が真っ暗になっていた。

懐中電灯で庭を照らしてみると、草男は平たい石の上にすわったままだった。

やっぱり、山のほうを見ているようだった。

4 夜明けの街（まち）

ぼくは夜中に何度か目を覚（さ）ました。

おじさんちが楽しすぎて、興奮（こうふん）したのかもしれない。何回目かに起きた時、さらさらと、屋根をほうきではくような音がした。

おじさんの枕元（まくらもと）にあるデジタル時計を見ると、五時半だった。

「おじさん起きて、なんか変（へん）な音がする」

おじさんはぜんぜん起きなかった。

それでもしつこくゆすり続（つづ）けていると、突然（とつぜん）、がばっと体を起こしてさけんだ。

「雨降（ふ）ってないか!?」

「えっ？」

「これ、雨の音だよな？　雨って水だろ。あいつ、どうなってるんだ？」

ふたりで大急ぎで雨戸を開けた。

4
夜明けの街

開けた雨戸のすぐそばに、ゼリーでできた壁みたいなものがあった。

「うわ、やっぱり！」おじさんがその壁を見上げながら言った。

「え、これ、草男？」

すぐにはわからなかったけど、それは草男だった。

頭のてっぺんが軒下のあたりにあって、目の前の壁は草男の背中だった。

大きくなった草男が、くつ脱ぎ石におしりをのっけてすわっていたんだ。外はまだ暗いけど、部屋の小さな明かりが反射して、だいたいの形が見えた。

「こいつ、雨宿りしてるのか？」

おじさんは少しはなれて、透けてる大きな背中を用心深くながめていた。

草男は前の日と同じように、山のほうを向いてじっとしている。

ぼくは草男の背中に手をのばしてみた。表面は少し、ふにっとした手ごたえがあったけど、そのまま、すうっと体の中まで手が入った。

「ねえ、すごい。突きぬけるよ！」

手ざわりはゼリーというより、ふわふわの綿アメっぽかった。

もう片方の手も突っこもうとしたら、おじさんがあわてて腕をつかんで止めてきた。

「やめとけ。吸収した水でできてるやつなんだぞ。体ごと中まで入ったら、おぼれたり、窒息したりするかもしれない」

「え、でも、ゆるゆるのふわふわだよ？」

ふたりであれこれ言ってるうちに、夜明けが近づいてきた。

真っ暗だった外が、青っぽく見えてきた。

すると、草男がゆらっと立ち上がった。

脚は短いけど、立つとおじさんの身長の二倍ぐらいあった。そのまま、勝手口があるブロック塀のほうへ歩いていく。

「え？　どこ行くの？」

「庭から道へ出る気だ。直紀、着替えろ、草男についていこう！　水野さんに知らせたいけど、あの人、まだ温泉かな……」

ぼくは大急ぎでズボンだけはきかえた。上のパジャマは脱がずに、そのままパーカーを着た。おじさんがシロを抱っこして、ぼくらはかさも差さずに玄関から飛び出した。

玄関は庭と反対側にある。

「あいつの脚の長さで、あのブロック塀またげるのかな？」

そう言うおじさんとならんで、家の裏の道にそって角を曲がると、まさに草男がブ

4

夜明けの街

ロック塀をまたごうとしている瞬間だった。

持ち上がった大きな脚が、半分くらいブロック塀にひっかかったと思ったら、そのまま通りぬけた。

「そっか、突きぬけられるんだ！」

草男はもう片方の足も同じようにして塀を越えた。

草男が道へ出てくると、その先のトンネルみたいにたれていた竹が、草男をよけるようにいっせいに反った。

「おおっ」おじさんがおどろきの声をあげた。

草男は坂道を下に向かってゆらゆらと進んだ。電柱についている街灯や、コインパーキングの看板が光っているけど、街はまだうす暗かった。

「直紀、草男に近づきすぎだ」

おじさんがそう言って、しょっちゅうぼくの肩をつかんできた。

坂道を下りたところで、草男がそわそわとあたりを見回しはじめた。どっちに進めばいいのか、決められないみたいだった。

ぼくもいっしょにきょろきょろしていて気づいた。

「おじさん、草男って……、元々山に住んでいて、山へ帰ろうとしてるんじゃない？」

「そういえば庭でも、ずっと山のほうを見ていたな」

おじさんちの庭からは、山が見えていた。

でも、坂道を下りてしまうと建物がいっぱいで、もう山は見えないし、山のある方角もわからなくなる。

いつの間にか雨はやんでいた。

草男は商店街の横の一本道を、不安げに進みだした。

ぬれて光るアスファルトに、信号機の赤色が映っていた。それだけじゃなくて、駅のほうに見えている空も、同じように赤くなってきていた。

（もうすぐ夜明けなんだ……。明るくなって、街の人が草男を見たら、どうなるんだろう。透けてて見えにくいし、ぶつかっても突きぬけるのかもしれないけど、おどろいて急ブレーキを踏む車がいたら、事故だって起こるかもしれない）

しかも、草男は山とは反対の、駅のほうへ向かっていた。

そのまま進むと、山じゃなくて海に着いてしまう。

（そっちはダメだよ……）

駅前の通りが見えてきた。おじさんがよく行く、あのドーナツ屋さんからも見える通りだ。

4
夜明けの街

その通りを見ていて、ぼくは思いついた。

「ね、ねえ！」

思い切って大声を出すと、草男がふり向いた。

初めて正面から顔を見た。鼻が真ん中にある。眉毛の部分の草が長くて、目はかくれている。

　きっと言葉が通じるって信じて、ぼくはゆっくり話してみた。

「山に帰りたいんでしょ？　それなら道じゃなくて、川を歩いたらいいよ。川は山につながってるし、歩いても人にも車にもぶつからない。ぼく、案内するよ」

うしろ向きに歩きながら、大通りと逆の道を指差して、手招きもしてみせた。

すると、草男は素直に方向を変えて、ぼくのほうへやってきた。

「つ、通じた？」

「川までって……、直紀、けっこう距離あるぞ？」

おじさんは心配そうだったけど、ぼくよりも先に、川へ向かって走りだした。

川へ向かう途中で、うしろから光が差してきた。

朝日だった。昼間みたいに上からじゃなくて、低いところから、強いオレンジ色の光が差してくる。朝日が当たると、草男の体は水面のように光って見えた。

4
夜明けの街

きらきら光る草男を川へ誘導していると、正面からバイクが来た。でも、バイクはそのまま通りすぎた。

ジョギングしている男の人ともすれちがった。その人も、ぼくとおじさんをチラッと見るだけで、草男には気づかなかった。

途中から草男は、道の端を流れる大きな水路の中を歩きはじめた。

水路が川へ続いていることがわかったのか、ひとりで進んでいった。

土手に着いてみると、川が朝日を反射してまぶしく光っていた。

光の道みたいに、山のほうまでずっと続いている。草男が「ホー」と、うれしそうな声を出した。

「ずいぶん、大きくなったな……」

おじさんが息を切らしながら言った。

草男は家にいた時の倍くらいの大きさになっていた。

「うん……、雨と、あと、水路を歩いている間に、足から水を吸ったのかも」

ぼくも、はあはあ、言っていた。

「まあ、ここまで来たら、どんなに大きくなっても心配ないけどな」

土手を下りてひと息ついていると、川に入った草男が、ゆっくりとふり返って手を上下に動かした。

「手招き？　オレらに、来いって言ってるのか？」

「どうする？」

　ふたりで、どうしよう、どうしよう、と言い合っている間に、気がつくとぼくらは土手を下りて、草男のそばへ行っていた。

　なんだか勝手に足がするすると動いた気がした。

　おじさんも「あれ？」という顔をしてとなりにいた。

「もしかして、オレたち操られたんじゃないか？」

　そう聞かれても、ぼくは返事ができなかった。大きなテーブルぐらいある草男の手が、頭のすぐ上にせまってきていたからだ。

　草男はゆるゆるでふわふわの手で、ぼくの頭にそうっとさわって何かささやいた。

　そのあと、草男はおじさんの頭にもさわって、同じように何かささやくと、ざぶんざぶんと川の中を歩き、山のほうへ向かっていった。

　遠ざかった草男が、ぬいぐるみくらいに小さく見えるようになった時、ぼくはやっと口を開いた。

「今の、なんて言ったんだろう？」

4
夜明けの街

「わからん……。ぼう、ぼうって、風みたいな音がしたな。昔話にダイダラボッチっていう、すごくでかい山の神様がいたみたいだけど……、それなのかもなあ」

ぼくとおじさんは土手までもどって、コンクリートの階段にすわった。

おじさんが上着の中へ入れて抱っこしていたシロを出すと、シロはおじさんのひざの上で、小さな前脚を突き出してうーんと、のびをした。

草男がなんて言ったのか、ふたりでいろいろ考えたけど、結局わからなかった。

5 水野さんのひみつ

河川敷からおじさんちへ帰っている間に、昼間ぐらいの明るさになっていた。

「ハラヘッタな」

「ぼくも……」

家はカギもかけてないし、何もかも開けっ放しだった。

「直紀、疲れただろ。ちょっと寝てろ、何か作るから」

おじさんはそう言って台所へ行った。

ぼくは本当にへとへとのふらふらだったから、しいたままになっていた布団にばたっと倒れこんだ。

でも、すぐに起き上がって縁側へ行った。

雨上がりで空気が澄んでいるからか、正面の山がいつもよりもくっきり見えた。

(草男、まだ山には着いていないよね。でも、大きくなったから、歩くのも速いのかも……）

立って山を見ていると、ブロック塀の向こうから、聞き覚えのある声がした。

「直紀さん、おはようございます」

水野さんだった。

「お、おはようございます……」

ぼくがあいさつを返している間に、水野さんは勝手口から庭へ入ってきた。

「おじさーん、水野さんだよ！」

おじさんはすぐに台所から飛んできた。

「水野さん？　よかった、ちょうどお話ししたいことが……」

あわてて話そうとするおじさんに、水野さんが手にさげたコンビニの袋を見せて言った。

「まあまあ、おふたりとも朝からひと仕事してお疲れでしょう、朝ごはんを買ってまいりました。いっしょに食べませんか？」

袋には缶コーヒーと紙パックのジュース、それに菓子パンがいっぱい入っていた。

5
水野さんのひみつ

台所にある小さなテーブルを三人でかこんだ。

ぼくは水野さんに自分のイスをゆずって、ちょっと高さのある踏み台にすわった。

さっそく、おじさんが草男のことを報告した。

「最初は小さかったんです。でも、水をやったらどんどん大きくなって。直紀とふたりで草男って名付けたんですけど……」

「ほお、草男……ですか」

水野さんはおどろかなかった。それどころか、自分が買ってきたメロンパンをむしゃむしゃ食べながら、当たり前みたいに聞き返した。

「今朝は雨が降ったから、自然に大きくなったのではないのですか？」

「い、いえ、オレたちがツクバイに水を入れたんですけど……。えーと、直紀、どうだったんだっけ？　草男が自分でツクバイに水を入れてくれって言ったんだっけ？」

ぼくは前の日に、庭で起きたことをはっきり覚えていた。

「ちがうよ。草男は『ミズ、クレ』とだけ言ったんだよ。そのあと、もっとはっきりした別の声で、『ツクバイに、水を入れてやれ』って。若い男の人の声だった」

水野さんの細い目がキロン、と光って見えた。

「その、草男というのが、しっかりしゃべれる時と、そうでない時があっただけではないですか？」

5
水野さんのひみつ

ぼくは、それはちがう……、と思ったんだけど、その話はそのままになった。

おじさんが川で草男を見送ったところまで話すと、水野さんは缶コーヒーをぷしっと開けた。そして一口だけ飲むと、話しはじめた。

「あれのことを、我々は、春鬼とよんでおりました」

「春鬼……」

「よび名は時代ごとで変わります。わたしもこれからは、草男とよびましょうか？」

「いえ、春鬼がいいです。そのほうが似合ってる。なあ、直紀」

おじさんがぼくを見てくるので、ぼくもうなずいた。

「よび名はいろいろですが、あれは昔の人々が作物の生育を祈って、春になると山から招いていた山の精霊です。体が透けてるのでほとんどの人間には見えませんし、ふれたり、ぶつかったりすれば少しは気づくでしょうが、気のせいかと思う程度です。街中を歩いていても、だれもふり向かなかったでしょう？」

「ええ……、はい、だれも気づきませんでした」

おじさんは、少し考えてから答えた。

「ああいう透けているものが見えるのは、『見鬼』といって、生まれつき見える力をもった者か、そういったふしぎなものに、ふだんから関わってる者だけです。関わっていると、ピントが合いやすくなりますから。おふたりは、そうですね……、いつもシロといっしょにいるから見えたのかもしれません」

（え？　シロといっしょにいるせいで？）

水野さんが、何か大事なことを言った気がした。でも、おじさんは聞き返さなかった。その代わり、「オレもいただきますね」と言って、缶コーヒーに手をのばした。

シロはテーブルの下で、おじさんの足の横にすわっている。

ぼくもクリームパンをもらうことにした。

おなかが減っていたせいか、一口かじると止まらなくなって一気に食べた。

水野さんはそんなぼくに、にっこりと笑いかけてから話を続けた。

「春鬼はですね、これから育つ草木や作物に、よい成長をもたらす力があるのです。人間のほうは、昔そんなものをよんでいたことをすっかり忘れておりますが、今でも、春になると山からはるばる下りてくる。人間が好きなのでしょう。ですが、最近は複雑になった街の中で迷ってしまうのです。前に住んでいた住職は、車に乗せて山へ送り返していましたよ」

「あー、なるほど、車で……」

「一臣さんは車を使わなくても、うまくやったじゃないですか。きっと、すぐになれますよ。これから何が出ても……、ね」

　おじさんは「ぐふっ」と言って、少しむせた。

「あの……、つまり、あんなものがほかにも出るってことですか？　なれるほど？」

　水野さんはふたつ目のメロンパンをむしゃむしゃ食べていて、すぐには返事をしなかった。

　食べ終わると、袋をきれいにたたんで、両手をひざに置いて話しはじめた。

「たいへん申し上げにくいのですが……、正直にお話ししますと、この家は、あのようなものがよく寄ってきます」

「ジョーダンじゃなかったんですね!?　だから、家賃が五千円……」

　おじさんはがくりとうなだれた。

　水野さんはおじさんを、なんだか不安げにチラッと見て話を続けた。

「ここは変わった場所でしてね。なぜか強い霊気がある。その霊気を求めて、人ではないものが寄ってきて休憩するのです。前に住んでいた住職は、この家に住みながら、寄ってきたものの世話をしていました。それだけではなく、この家はシロのようなものにも大事な場所なのです」

　水野さんはそこでちょっと間を置いて言った。

「一臣さん、あなた、シロの目が赤いということをごぞんじですか？」

「あ、はい、知っています」

（え、そうなんだ……）

ぼくはぜんぜん知らなかった。シロはずっと目を閉じているし、その時まで、おじさんがぼくにシロの目が赤いって話したことは一度もなかったから。

水野さんはテーブルの上で手を組むと、ゆっくりと言った。

「シロはね、化け猫なんですよ」

（ばっ、化け猫!?）

ぼくは思わず水野さんを見た。

でも、おじさんはやっと長年の謎が解けたみたいな、すっきりした声をあげた。

「あー、なるほど、化け猫なんですね！」

水野さんは大きな体を折り曲げて、テーブルの下にいるシロの頭をなでながら言った。

「化け猫というのは、長く生きることで妖力を強めていくのです。二十年で人の言葉を理解し、百年でしゃべるようになる。二百年を超えると、ついに人間に化ける力を身につけます」

5
水野さんのひみつ

おじさんが、ふと気づいたように質問した。

「でも……、シロは子猫ですよね？」

水野さんが答えた。

「そうです。実は、生きた年とは関係なく、ひどく恐ろしい目にあった時、生きのびるために、突然、妖力を得るタイプがいまして、シロはそれなのです」

「恐ろしい目に……」

おじさんがシロをひざに抱き上げた。

「ええ。そしてシロが得た妖力は、千里眼という特別な力です。たいへんめずらしい力です」

「オレ、千里眼って知ってます。ふつうは見えない遠くのことが見える力ですよね。あっ、そうか、二月にシロが駅にいたのは、オレがこの街に帰ってくるのが見えていたんだな！　それで待っててくれたのか！」

おじさんは目をきらきらさせてシロを見つめていた。事情がわかって、ますますシロのことが好きになったみたいだった。

水野さんは、静かな声で続けた。

「シロはめずらしい妖力を手に入れましたが、まだしゃべれませんし、化けることもできません。言葉は理解しているようですから、二十年以上は生きていると思いますがね」

「つまり、子猫の姿だけど、実際の年はわからないってことですね」

「そういうことです。いくつにせよ、シロは苦労していると思いますよ。千里眼を持つ者は苦労が多いのです。近づいてくる敵を教えてくれる警報装置のようにも使えますから、荒くれた者たちがほしがるのです。高額で取引されたり、自分の言うことを聞かせるために痛めつけたりする者もいます」

おじさんがシロに初めて会った時、シロが傷だらけだったって話していた。

（シロはきっと、逃げてきたんだ。それまでどんな目にあってたんだろう）

考えたら、胸が痛くなった。

おじさんはシロの小さい背中をそっとなでていた。

水野さんが、しんみりとした声で言った。

「あなたたちは、そんなふうにシロを大事にしてくれていますが、ずっと子猫のままで、目が赤いということで、人には気味悪がられることもあるのですよ。縁起が悪いと言う者もいる。ふつうの家で、子猫の姿のまま何年も……、いえ、何十年も飼われていくわけにはいきません」

5
水野さんのひみつ

話し終えると、水野さんは「ふう」と息をついた。

そして、落ち着かなそうに、おじさんのほうをチラチラと見はじめた。

「……ですので、この家にはですね、寄ってくる変なものに理解があり、できれば面倒も見ていただける……、そんな人に住んでもらいたいのですよ。この家が、人にお貸しできるような物件でないことは、わたしも十分承知しております。ですが……」

水野さんはそこで口ごもった。

おでこと頬が赤くなって、汗までにじんできている。

ひどく緊張した様子の水野さんは、両手をこすり合わせながらおじさんに聞いた。

「一臣さん、どうでしょう？　こんな家、イヤになられました？」

すると、シロを胸に抱っこしたおじさんがきっぱりと言った。

「いいえ、変なものが出ても、オレはこの家に住みます！　だって、シロは変なものじゃないし！」

おじさんらしいなあ、とぼくは思った。

おじさんは、やさしいんだ。ぼくも、小さい時からずっとおじさんに面倒を見てもらっている。

「よかった〜、では引き続きここに住んでくださるんですね！」

水野さんはふにゃにゃっとなって、イスの背にもたれると、「安心しました～」と言って、うれし泣きまでしはじめた。

ずいぶん大げさに思えたけど、おじさんが逃げ出さないかどうか、本当に心配していたみたいだ。

そのあと、ハンカチで涙をふいている水野さんの様子がおかしくなってきた。

ふわふわの髪の毛が引っこんで、代わりに、じわじわっと手や顔から毛が生えてきた。明るいオレンジ色の毛だ。

「み、みみみみ水野さんっ!?」

おじさんがあせった声を出した。

耳の位置がにゅーっと頭の上のほうに移動して、丸っこかった手がさらに丸くなった。

「うわーーーっ！」

ぼくもおじさんも、思わず立ち上がってさけんだ。

水野さんは「猫人間」の姿になっていた。

昔の巻物なんかに、二足歩行する化け猫の絵が描かれているのをたまに見るけど、そういう絵の化け猫にそっくりだった。体の大きさは変わらず、服も着たまま、腕時

5
水野さんのひみつ

計もつけたままだ。

　水野さんはテーブルにひじをついて、自分の両手の肉球を見て言った。

「あらら、すみません。ほっとしたら、うっかり……。まあ、ここまでバレたらもういいでしょう」

　おじさんが裏返ったままの声で言った。

「オレ、水野さんも何か秘密がある人だと思って、覚悟はしてたんですけど、まさか、こんな……、水野さんも化け猫なんですか？」

「そうです。わたしはシロとちがってよくいるタイプの化け猫でね、人に化けるようになってから、二百年と少しといったところでしょうか。もう、すっかり古株ですので、この街の『お化け』や『妖怪』とよばれるものたちの世話役をしているのです」

　水野さんは猫の顔のまま、むにゃっと笑うと、腕時計を見た。

「おっと、もうこんな時間ですね。そろそろ事務所を開けねばなりません……」

　体中に生えていたオレンジ色の毛が、たちまち皮ふに吸いこまれていく。

　三角だった耳も、にゅーっと元の形になって顔の横にもどった。

　ぼくらはびっくりしっぱなしなのに、シロはテーブルの下で平然としていた。

　すっかり人間の姿にもどった水野さんは、おじさんの肩に、がしっと大きな手を置いた。

「では、一臣さん、これからもこの家をよろしくたのみますよ！」

それから、庭へ下りてていねいに一礼すると、勝手口を出て帰っていった。

おじさんもぼくも、それをぼうぜんと見送った。

いろいろおどろきすぎて、春鬼が来た日に庭で聞こえた、もうひとつの声のことは、うやむやになってしまった。

5
水野さんのひみつ

目が覚めた。

昼間のようだ。

家にはだれもいない。

足音がする……、又吉だ。庭に入ってきたな。

「起きているのでしょう？」

「ああ……」

また、体の自由がきかなくなってきている。

しゃべることさえむずかしいが、どうにか答える。

「眠れないんだ、今年もまた、近づいてきているからな」

「あの子に話しかけたらしいじゃないですか。『ツクバイに、水を入れてやれ』でしたか、……仲良くなっちゃダメですよ」

「もう何も言わないよ」

「封魔札の件ですが、ニセモノでしたよ。今度こそ本物だと期待して、わざわざ東北まで出かけたのに、ただの紙切れでした。残念ですが……、もうどうしようもありません」

「いいさ、オレは今すぐでもいいくらいだ。おまえがやってくれるんだろう？」

「……」

「どうにもならなくなったら、おまえがオレを始末してくれるって、そういう約束だったろう？」

又吉のため息だけが聞こえた。そのまま、足音が遠ざかっていく。

あいつ、別れの言葉は言わないんだな。

遠くで、雷の音がしている。

今夜あたり嵐が来そうだ。

春の嵐になる。

土がぬくもり、草や木が育つ。虫も人も、日を浴びて生きている。

「今すぐでもいい」なんて言ったが、少しさみしい。

6 葉っぱにまぎれて

新学期が始まって、ぼくは五年生になった。

毎日、学校から帰るとすぐ自転車に乗っておじさんちに行った。

水野さんとシロが化け猫だって知った日から、おじさんはぼくの心配をするようになった。それは、水野さんやシロが危ないってことじゃなくて、おじさんちが「変なものが寄ってくる場所」だとわかったからだ。

「オレがいない時に、何か出たらまずいだろ」

「うん……」

できるだけ、おじさんが家にいる時間に来るように言われた。

おじさんが気にするのもわかる。でも、ぼくはおじさんが帰ってくる一時間くらい前には、家へ行っていた。家はカギがかかってるけど、勝手口から庭に入れる。

早く庭へ行って、ひとりでやりたいことがあった。

6

葉っぱにまぎれて

ツクバイに水を入れることだ。

春鬼が来た時に『ツクバイに、水を入れてやれ』って聞こえた声のことが、ぼくはずっと気になっていた。

(あれは春鬼じゃなかった。それに、怖いものでもないはずだ。春鬼を助けるためにアドバイスしてくれたんだから)

それで、ツクバイに水を入れていたら、また話しかけてくれるかも、って考えた。

ツクバイにはきれいな水を入れたいのに、おじさんちの外の水道は、ぎゅぼぼっと音がして、茶色い水が出た。

ちょうど、駅から少しはなれた城跡のそばに、だれでも無料でくんでいい湧き水が出ていた。このへんでは「お城の水」といって、おいしいと評判だ。

ぼくは毎日そこへ通ってツクバイの水をくむことにした。水を入れたペットボトルは、自転車のカゴに入れて運んだ。

水をのせた自転車を押して、おじさんちへの坂道を上がる時、かわいい春の花をたくさん見た。

水色の小さい花はオオイヌノフグリ。ピンクの花が咲いて、そのあとに豆ができるのはカラスノエンドウ。

葉っぱがハート形で、黄色い花が咲くカタバミは、坂道だけじゃなく、学校へ行く途中の道にもよくあった。

名前を知っている花を、別の場所で見つけると、知り合いに会ったような気がしてうれしくなる。

（だからって、別に、あいさつとかはしないんだけど……）

坂道は日当たりがよくて、咲いている花は、みんな笑ってるみたいに見えた。

坂道を上って、U字のカーブと竹のトンネルをぬけると、森の陰になるから急に冷えてくる。その先にあるおじさんちの庭はコケとかシダとか、日陰が好きな植物が生えていて、ぼくはそういうしぶい植物も好きだった。

ツクバイにきれいな「お城の水」を入れると、庭の空気がぴんとはりつめる感じがして、ぼくも気分がよくなった。

落ち葉をはいて、きれいに生えているコケが枯れないように草ぬきもした。

その日も、ぼくは先に庭に入って、おじさんの帰りを待っていた。

ひどい嵐が来た次の日で、庭には葉っぱがいっぱい落ちていた。ほとんどが裏の森にあるクスノキの葉だった。

6

葉っぱにまぎれて

竹のほうきで葉を集めながら、ぼくはシロを相手に話していた。

「きのうの夜、雷の音がすごくて何回も起きたんだよ」

シロは何もしゃべらない。

でも、ちゃんと聞いてくれてる感じがした。

「大雨警報が出てたから、学校も休みになると思って朝ものんびりしてたら、急に解除になっちゃって……」そう話していたら、足元のほうから甲高い声がした。

「おい、子ども」

「え？」

ぼくは思わず飛びのいた。ほうきではこうとした葉っぱの中に、やけに明るい色のものがまぎれている。黄緑色の折り紙だ。

十字の形に折られた折り紙が、落ちていた。

「早くオレ様を拾え！　ここは湿っておるからぬれてしまうじゃろ！」

甲高い声は、たしかに、その折り紙から聞こえてきた。

ぼくはさっとシロを見た。

シロは閉じたままの目を、静かに折り紙のほうに向けていた。ちょっとめずらしい虫が庭に来た、というくらいの様子だった。

「子ども！　早くしろ、もう水がしみてきたぞ！」

おじさんは、あと三十分は帰ってこない。

おそるおそる手をのばして、折り紙を持ち上げた。

裏に黒ペンで顔が描いてあった。

「うわっ」

思わず手をはなした。ぎょろっとした目に、げじげじの太い眉毛。それは、だれかが作った折り紙の「やっこさん」だった。

折り紙は風に吹かれてコケの上を、ころころ転がった。

「こら、落とすな！　乾いたところへ連れていってくれ！」

「そんなこと言われても……」

顔がついてるのを見たら、急に素手でさわるのが怖くなった。

悩んだ末、ちり取りとほうきで無理やりはさむことにした。何度か落っことしながら軒下の乾いたところへ移動させた。

「もっと、ていねいにあつかえんのか！」

まちがいなく折り紙がしゃべっていた。しゃべっても描かれた顔はそのままだ。横棒一本の口が動いたり、まつ毛まで描かれている目がまばたきしたりはしない。

6

葉っぱにまぎれて

「シロ、ぼく……、水野さんをよんでくる」

でも、折り紙をそのまま軒下に置いておくと、風で飛んでいってしまいそうだった。ふつうのゴミのように。

(何か、かぶせるもの……、そうだ)

おじさんが、資源ゴミを玄関の横にまとめていたのを思い出した。家を回りこんで玄関のほうへ行くと、ゴミ袋の中に、ぼくが家から持ってきた四角いクッキーの缶があった。

缶を取り出してもどり、すばやく折り紙にかぶせた。刺したりかんだりする危ない虫を相手にしている気分だった。

「こらっ、何をする、何も見えんじゃないか!」

「ご、ごめんね、すぐもどるから」

勝手口を飛び出して、ぼくはそのまま坂道をかけ下りた。

走って不動産事務所へ行くと、事務所の窓越しに水野さんが見えた。

もちろん人間の姿だ。

奥の席でパソコンに向かって仕事をしていた。眼鏡もかけている。

事務所には、水野さんと同じくらいの年の男の人と、若い女の人もいた。みんな忙しそうだ。声をかけづらくて入り口の前に立っていると、水野さんが気づいてドアのところへ来てくれた。

「おや、直紀さん、どうしました」

むにゃっとした水野さんの笑顔を見たら、ものすごくほっとした。

「あ、あの、庭にしゃべる折り紙が……」

ぼくが小さい声でそう言うと、水野さんは特におどろいた様子もなく、上着を取ってすぐに外へ出てきてくれた。

「では、見にいってみましょうか」


坂道をならんで上っていると、水野さんが猫人間の姿に変わりはじめた。服から出ている顔や手に、明るいオレンジと白色の毛が生えた。ふわふわの髪の毛はひっこんで、耳の位置がにゅうっと移動した。

「ふー、やっぱりこっちの姿のほうが楽です」

ぽっちゃりした体形と背の高さは変わらないし、服もそのままだ。

(じろじろ見たら失礼かも……)

そう思いつつ、完全に猫人間になるまで目がはなせなかった。

6
葉っぱにまぎれて

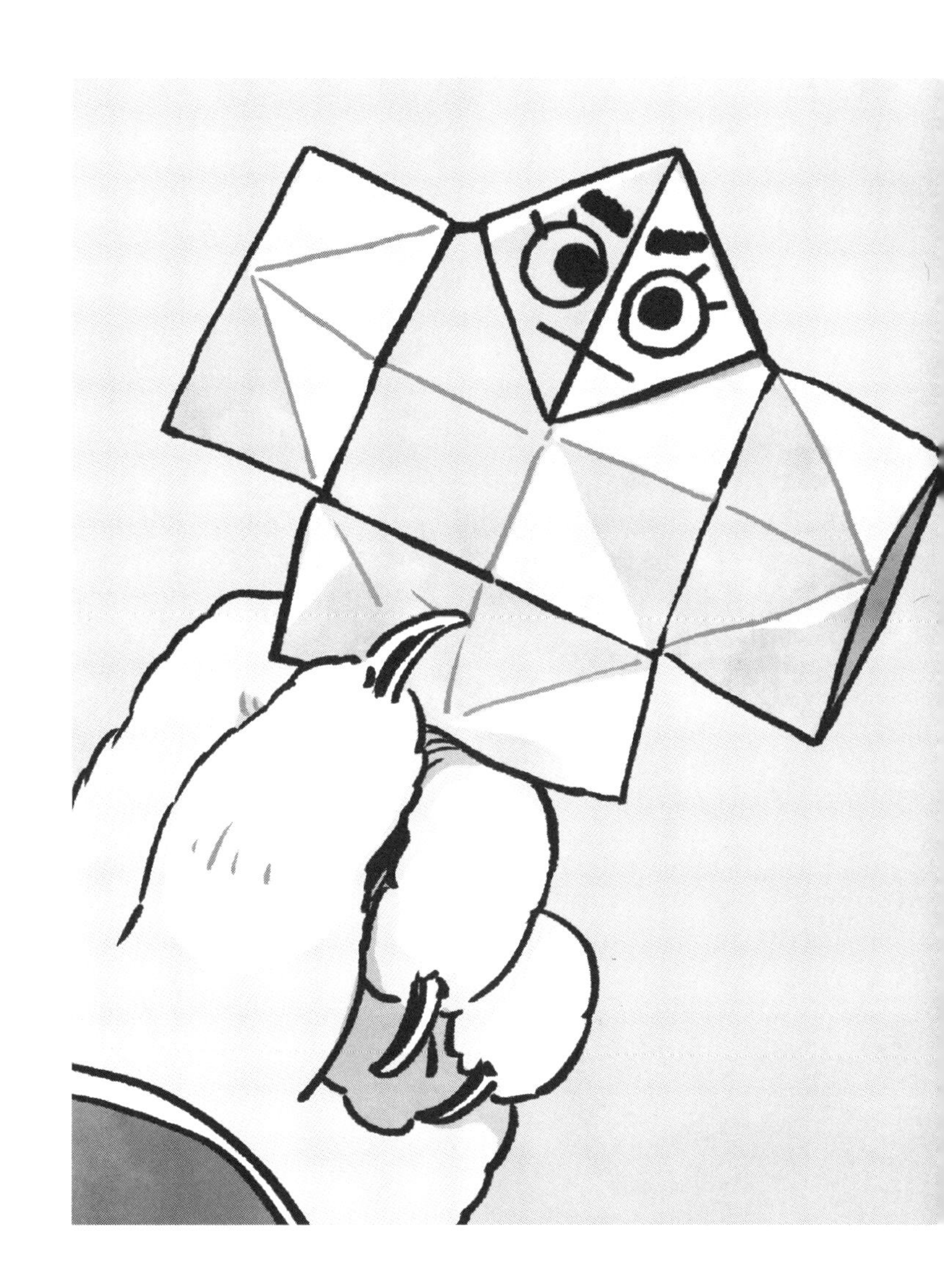

そう言ってから、ぼくはそれは変だな、と思った。

おじさんちの庭は、街のほかの場所よりも、少し高い位置にある。

(風が吹いて、高く舞い上がったとしても、こんなところまで飛んでこられないか)

水野さんが折り紙にさとすように話した。

「偶然にでも、この庭に来られたことを、感謝しなければなりませんよ。あなたは、この庭の霊気のおかげで存在していられるのです。別の場所なら、そのまま消えてしまっています」

ぼくも声をかけた。

「あせらずに、何か思い出すのを待ったらいいいんじゃないかな」

最初は怖い気がしたけど、記憶をなくして不安そうな様子を見たら、かわいそうに思えてきた。念のために、水野さんに聞いた。

「危ないものじゃないんでしょう?」

「なんの害もありません。うるさいだけです」

水野さんがばかにしたように言うと、折り紙は威勢よく言い返した。

「うるさいだけとはなんじゃ、毛玉野郎! 小汚い手でオレ様を持つな、ノミがうつる!」

6

葉っぱにまぎれて

水野さんは、つまんだ折り紙に向かって声をすごませた。

「調子にのるんじゃない。折り紙なんて、今すぐ火をつけて、燃やしてしまってもいいんですよ」

「やめてやめて」ぼくはあわてて立ち上がった。

水野さんは「冗談ですよ……」と言ったけど、目がぜんぜん笑ってなかった。


「ただいま〜、ん？」

その日、帰ってきたおじさんは、しゃべる折り紙が縁側にいるのを見てものすごく動揺した。手に持っていたドーナツの袋を、その場に落っことしたくらいだ。

おじさんは静かにぼくを手招きした。

「直紀……、ちょっと来い」

そして、暗い廊下の奥でこそこそと、ささやいた。

「オレ無理、なんか怖い」

「ぼくもびっくりしたけど、もうなれたよ。おじさん、春鬼の時も最初はおどろいてたけど、途中からはちょっと楽しそうだったじゃない」

「しーっ、しーっ」口の前に指を立てて、おじさんは必死に否定してきた。

「春鬼の時とはちがうよ。今度のやつは正体のわからないものが乗りうつってるんだろ？　それって、髪がのびる日本人形と同じってことじゃん！　怖いじゃん！」

「でも、しゃべるだけで動いたりはしないよ？」

今度はちゃんと、ぼくも小さい声で話した。

ところが、そんな声でも聞こえていたらしく、折り紙がむくりと体を起こして言った。

「いや、少しなら動けるぞ」

おじさんの悲鳴が家中にひびき渡った。


そのあと、おじさんに説明しながら、ぼくが何度も「折り紙」とよび捨てにしていたら、「様をつけろ！」と怒られた。

それで、折り紙のよび名は「折り紙様」に決まった。

「なんだか、神様っぽいね」

ぼくがそう言ったことで、本人もすっかり気に入ったようだった。

動けると言っていた折り紙様だけど、できるのは、仰向けの状態から体を半分折り曲げて起き上がることだけだった。しかも、すぐにぱたんと倒れた。

動くとものすごく疲れるらしい。

6
葉っぱにまぎれて

折り紙様が、必死に腹筋みたいなことをしている横で、ぼくとおじさんはドーナツを食べはじめた。どんな変なことにも、時間がたてば案外なれる。

ぼくは一応聞いてみた。

「折り紙様も、ドーナツ食べる？」

「ハッ、オレ様がそんなもの食うと思うのか？」

あきれたように言われた。

「ふだん何を食べていたのか、思い出せない？」

「む……」

折り紙様が思い出そうとがんばっているのがわかったから、そっとしておいた。

食べ終わって、使ったお皿とコップを台所に持っていくと、おじさんが不安そうに言った。

「あれ、本当に人間じゃないのかな？」

「人よりもずっと長く生きたものだって、水野さんが言ってたよ」

「水野さんって、最近の人間の寿命がけっこう長いことわかってるのかな？　実は『すごく長生きした人間でした』とかいうオチなんじゃないの？」

おじさんは、話しているうちにどんどん青ざめてきた。

「ちょっと待て、オレ、あれを家の中に入れておきたくないよ。考えてみろ、夜中に、正体のわからんしゃべる折り紙と家の中でふたりきりとか、怖すぎじゃん」

「えーと、じゃあ、ぼくが家に連れて帰ろうか？」

でも、ぼくが帰る前に、折り紙様が自分で「夜も外にいたい」と言いだした。

「オレ様のことは、できるだけ庭へ出しておいてくれ。建物の中にいるより気分がいい。夜もずっと庭にいたい」

それを聞いて、おじさんは胸をなで下ろしていた。

飛んでいかないように、台所にあったザルをひっくり返してかぶせることにした。

「これはいいぞ！　風も通る！」

折り紙様も満足していた。

ぼくは、（虫カゴに入れられた虫みたいだな……）と思ったけど、だまっておいた。

折り紙様をのせる台には、そうめんが入っていたうすい木の箱を使った。

軒下に置いて、ザルの上に軽めの石を「重し」にした。

（わなにかかった動物みたいにも見えるな……）と思ったけど、やっぱりだまっておいた。

7 庭の力

一日中、ひとりで庭にいる折り紙様は、退屈しているみたいだった。

ぼくが庭に行くたびに、「何かおもしろい話をしろ！」と言うので困ってしまった。

「ぼく、おもしろい話なんてできない」

「おまえは毎日、学校に行っているじゃないか、学校で何をしてるのか話せ」

「何してるかって……」

（えーっと、……何してるんだっけ？）

とりあえず、登校してから帰るまでのことを順番に話すことにした。

「朝学の時間っていうのがあって、今日は英語の歌を習ったよ」

「じゃあ、その歌をうたえ」

「え、覚えてない」

「……ちっ、つまらん。じゃあ次だ。その次は何をしたんじゃ」

「一時間目から体育だったから、まずは着替えたかな。そのあと、グラウンドに行ってストレッチをしたよ」

「その『ストレッチ』というのをしてみせろ」

「えー、ぼく、ちゃんと覚えてないよ？」

「いいからやれ」

どうにか思い出せる、簡単なストレッチのポーズをしてみせた。折り紙様はそれだけでとてもよろこんだ。

真似して折れ曲がったり、うしろに反ったりするので、しかたなくやりはじめたぼくも、最後にはすっかり楽しくなった。

折り紙様は、人間は一日三回ごはんを食べるとか、ランドセルは小学生が背負うもの、なんてことは覚えていた。だけど、自分については、「どこか、小さい子がたくさんいる場所にいた」こと以外、何も思い出さないままだった。

ぼくは、折り紙様を連れて、自転車で街を走ってみようと考えていた。

（元いた場所の近くへ行けば、何か思い出すんじゃないかな……）

でも、自転車のカゴに入れておいたら、風で飛びそうだし、かばんに入れると折り紙様は外の様子が見られない。

7
庭の力

そのうち、いいアイデアが浮かんだ。

「透明なクリアファイルにはさめばいいのかも。それで、ぼくが首からひもで下げて、自転車をこげばいいんだよ」

「やってみてくれ！」

折り紙様ものり気だった。ところが、ためしにクリアファイルにはさんだとたん、折り紙様は紙の体をじたばたさせてさわぎ出した。

「出してくれ！　風に当たらんとどうもダメじゃ」

折り紙様は、なぜか風に当たることにこだわった。

家の中じゃなくて外にいることと、日の光に当たることも大切みたいだった。

ぼくはまた考えて、母さんから古くなった洗濯ネットをもらった。

それにボタンやひもをつけて、首からぶら下げられるポーチみたいなものを作った。

家庭科の授業で使う買ったばかりの裁縫セットが役に立ったんだけど、何回も指に針を刺したり、最後の玉止めに失敗したりで、たいへんだった。


学校が早く終わった日の午後。

ぼくは、苦労して作ったポーチに折り紙様を入れてみた。

折り紙様が「おおっ、風も通るし前も見える。悪くないぞ！」と言ってくれたので、ぼくもすっかりはしゃいだ気持ちになった。

「いつも水をくみにいく城跡の近くに、保育園があるんだよ、行ってみる？」

「ひとつだけか？　できるだけたくさん回ってくれ！」

ぼくは、折り紙様の入ったポーチを首からぶら下げて、庭を出た。

水野さんが「この庭の霊気のおかげで、消えずにいられる」って折り紙様に話していたことは、ちゃんと覚えていた。

でも、半日くらいなら大丈夫だろうって、軽く考えていた。

自転車でスピードを出して坂道を下った時も、折り紙様は「おおっ」と声を出してよろこんでいた。

城跡のそばの保育園に着くと、園の中から、小さい子のにぎやかな声がしていた。

車輪のついた大きな門は閉まっていたけど、柵の間から中の様子が見えた。

水色のペンキでぬられた小さいくつ箱があった。

手洗い場もとても低い。

「どう、折り紙様がいたのって、こんな感じの場所だった？」

「おお、そうじゃ！　ここではないが、雰囲気はよく似ておる」

7
庭の力

この時も、折り紙様は元気だった。

「オレ様がいたのは、このような小さい子どものための場所じゃ。たしか、あの青いのもあった！」

園庭にあるカラフルな遊具の中に、青いものがひとつあった。

「青いのって、すべり台のこと？」

「そうじゃ、すべり台……。じゃが青じゃなくて黄色じゃった。それで、目がひとつ描いてあるんじゃ。黄色いゾウのすべり台じゃ」

「黄色いゾウのすべり台！　やっぱり街に出てみるとヒントが見つかるね。よかった」

ぼくもほっとした。

次は、線路の向こうにある幼稚園へ行ってみることにした。

折り紙様は「前を見て歩いてないやつばかりじゃな！」とか、「こんなところに落書きしたやつはだれじゃ！」とか、ずっとぶつぶつ怒っていた。

ところが、暗い地下道をぬけたところで、急に静かになった。

止まってポーチを持ち上げてみると、折り紙様は「うぐぐっ……」とうめいていた。

「えっ、大丈夫!?」

うめき声の合間に、「庭」と、「もどってくれ」という言葉が聞こえた。

「やっぱり、庭からはなれちゃダメだったってこと？」

庭を出て三十分もたっていなかった。


大急ぎで庭にもどっても、折り紙様は苦しそうにうめき続けていた。

「折り紙様……、まさか、あんなに短い時間でもダメだったなんて……」

帰ってきたおじさんも、心配して何度も様子を見にきた。

夕方になって、折り紙様はやっとしゃべれるようになった。

「……最悪の気分じゃった。自分がぐるぐる回転しながらどろどろ溶けていく感じじゃ。あのまま消えるのかと思った。今もまだ目が回っておる。くやしいが、あの毛玉野郎が話していた通り、オレ様はこの庭をはなれられんようじゃな」

折り紙様はすっかり弱気になっていた。

「でも、今日、出かけたおかげで、手がかりがつかめたよ。黄色いゾウのすべり台がある幼稚園か、保育園を探せばいいんだよ。ほら、これ見て」

ぼくは折り紙様に、何枚もの地図を見せた。

おじさんが、市内にある保育園と幼稚園の地図をプリントアウトしてくれた。

「これからは、折り紙様は庭にいて。ぼくが探してみるから」

7
庭の力

「こんなにあるのか、すごい数じゃな……」

折り紙様はため息をついた。

五月の大型連休は、おじさんちに続けて泊まることにした。

おじさんも「いっぱい泊まってくれ！」と言うので、連休が始まる前の晩から泊まりにいった。

母さんには、おじさんちのことをあまり話していなかった。

「シロがかわいいよ」くらいは話したけど、水野不動産の水野さんが、実は化け猫でした、なんて話が広まるとまずいと思ったから。

母さんも、あまりあれこれ聞いてこなかった。でも、しょっちゅう、ぼくの自転車のブレーキやライトを点検してくれていたし、ぼくがおじさんちで使うものも、いろいろ用意してくれた。

初日の晩ごはんはラーメンになった。

母さんがぼく用の「ラーメン鉢」を持たせてくれたからだ。

台所で、おじさんが作ってくれた塩ラーメンをすすりながら、ぼくは折り紙様が来てから感じていたことを話した。

「ここには、変なものが寄ってくるって聞いてたけど。……でも、まさか、しゃべる折り紙が来るなんて思わなかったよ」

おじさんもずるずるしながら、答えた。

「そうだな。しかも、ものすごくえらそうで、記憶を失ってるとかな……」

「これから、もっと変なものが来るのかな？」

おじさんは、ちょっと考えこむ表情になった。

「変なものならいいんだよ。でも、そのうち、……危ないものも来るのかもしれない」

「危ないもの？」

ぼくが聞き返すと、おじさんは箸を止めて話しはじめた。

「水野さんは、オレたちにまだ何かかくしてると思うんだ。だって、引っ越しの日に槍の話をした時、なんか変だっただろ？　いつかあの槍を使わなきゃいけないような、ラスボス的な何かが出るんじゃないかってな、ハハハ……」

「でも、ぼく……」

水野さんのことを思い出しながら、ぼくは言った。

「水野さんは悪い人じゃないと思う。だって、悪い人って、あんなにしあわせそうにおそばとかパンとか食べないんじゃない？　水野さんって食べてる時、いつも、ほ

7
庭の力

んわりした顔になるでしょ？」

おじさんは、あははっ、と声を出して笑った。

「直紀が水野さんをいい人だって思う理由は、それだけか？　いい人っていうか、いい化け猫だけど。まあ、オレもあの人のことは信用してるよ。だって、シロがなついてるからな」

テーブルの下にいたシロが、答えるように、にゃー、と鳴いた。

ぼくはちょっとあきれた。

（おじさんの判断基準って、ぜんぶシロなんだな……。この家を借りたのも、家賃が五千円だからってわけじゃなくて、『シロといっしょに住むため！』だったし）

ラーメンを食べ終わったぼくは、テーブルの下のシロの額を指でかいてやった。

シロは気持ちよさそうに、首をのばした。

「お、直紀、うまくさわれてるな」

「うん」

少し前から、ぼくもシロにさわってみるようになっていた。

猫のさわり方を、おじさんに教えてもらって、やっとさわれるようになった。動物を飼ったことがなくて、どこをどうさわったらいいのか、わからなかったから。

「猫ってさあ、いきなりワッと寄ってこられたり、べたべたさわられたりするのを嫌うから、直紀くらいの距離感のほうが好かれるんだぞ」

おじさんは、シロにさわるぼくを、なんだかうれしそうに見ていた。


食器を片づけたり、お風呂に入ったりしていたら、あっという間に夜十時になった。

おじさんは仕事の続きをするみたいなので、先に寝ることにした。

(この家に泊まるの、春鬼が庭に来た日以来だな……)

しいた布団の中で、ぼくはあの日、庭で聞いた声を思い出していた。

(「ツクバイに、水を入れてやれ」って言ったあの声……、だれだったんだろう)

聞こえたのはあの日、一度きりだった。

(春鬼のことをよく知っている感じだったから、しょっちゅう、この庭に来てるものなのかも。夜中に、また、声が聞こえたりしないかな……)

そう思って耳をすませていると、雨戸の向こうから変な歌声が聞こえてきた。

「お月見　楽しみ　暗闇　煮こみ♪
お刺身　しみじみ　海　なつかしみ♪

7
庭の力

　折り紙　かみかみ　毒見は無意味♪」

「あ～、始まったぞ」パソコンに向かっていたおじさんが苦笑いした。

甲高くて、ものすごく調子の外れた声だった。

折り紙様がうたっていたんだ。

「富、罪、恵み、片隅に
　足踏み　ふみふみ　折り紙だのみ♪」

歌は、そこからくり返しになった。

「自分で作った歌みたいで、毎晩うたうんだよ」おじさんはくすくす笑った。

聞きたいと思っていた声とはぜんぜんちがったけど、歌の歌詞が気になってきた。

「変わった歌詞だよね、何か意味があるのかな？」

「ああ、韻を踏んでるんじゃないか。最後がぜんぶ『み』で終わる言葉になってるだろ。おりがみの『み』だよ」

「おつきみ　たのしみ　くらやみ　にこみ♪」

「あ、ほんとだ……」

でも、やっぱり歌詞の意味はよくわからない。

「お刺身　しみじみって、切られたお刺身が海をなつかしんでるのかな？　折り紙かみかみって、折り紙様が、だれかに食べられている？」

「まったくわからん」

おじさんがあきれたように言って、ぼくも笑った。

音程もテンポもうたうたびに変わるし、なんだかお経みたいだ。

「変な歌だけど、うるさくないんだよな」おじさんは楽しそうにパソコンのキーボードをカタカタたたいた。「聞いてると気分がよくなる気もするよ」

シロがぼくの布団の上にのってきて、おなかの横のあたりで丸くなった。

折り紙様が、今度はかえるの歌をうたいだした。

最後の「けろけろけろくわっくわっくわっ」のところが、お気に入りなのか何回もうたう。聞いているうちに、ぼくはすうっと眠りについた。

変なものが来るっていうあやしい家で、まさにその変なものの声を聞きながら、ぐっすり眠った。

8 知らせないほうがいい？

連休中、ぼくは「黄色いゾウのすべり台」を探して、市内を自転車で走り回った。すべり台はたくさんあったけど、色が青や銀色だったり、形もゾウじゃなくて、タコだったりした。

市内にある保育園と幼稚園をぜんぶ調べても、見つからなかった。

連休も終わってしまうし、これからどうしようって、おじさんと話していると、水野さんがやってきた。

「おや、うるさい折り紙は、まだいるんですか」

水野さんは当たり前みたいに、猫人間の姿で庭へ入ってきた。

「毛だるま猫は、まだじゅうたんになっておらんのか」

折り紙様がそう言い返して、険悪なムードになってしまった。

水野さんが大きなシュークリームをたくさん買ってきてくれていたので、みんなで縁側で食べることにした。ぼくも手伝って、お皿や飲みものを台所から運んだ。

おじさんと水野さんはコーヒーだけど、ぼくはりんごジュースだ。

「それで、何か変わったことはありませんでしたか？」

縁側に腰かけた水野さんが聞いてきた。

「あ、ありました！」

おじさんは、ぼくが折り紙様をポーチに入れて出かけた日のことを報告した。

「……そういうわけで、今、オレと直紀で、手がかりの黄色いゾウのすべり台を探しているんです。折り紙様はこの庭から出ると、すぐに具合が悪くなるみたいだから」

水野さんはシュークリームをひとつ、おいしそうに食べ終えると、軒下のザルの中にいる折り紙様を見て話しだした。

「おふたりは、この折り紙が、もう、元の体にはもどれないことを、理解されてますか？」

ぼくとおじさんは思わず顔を見合わせた。

ぼくらは、折り紙様の記憶がもどればいいって、それだけしか考えてなかった。

「わたし、言いましたでしょう？」水野さんは、おじさんのいれたコーヒーをゆっくり飲んで言った。

8
知らせないほうがいい？

「元の体が破壊されるような、何かとんでもないショックを受けなければ、魂がぬけ出たりはしないのです。そして、魂は入れ物なしには存在できません。本来、飛び出てそのまま消滅するところを、こやつは、たまたま折り紙という、具合のいい『よりしろ』を得たのです。今さら、元の体を見つけて『さあ、もどるか～』というような話にはなりません。見つけたところで、どうにもならないのです」

話していた水野さんの口調が、急にやわらかくなった。

「ただ、前にもお話ししましたように、この庭は、霊気が強いので魂にエネルギーを補充し続けることができます。だから、折り紙の中ならずっと消えずにいられる」

水野さんは、折り紙様の顔が描いてあるほうをのぞきこむと、ついさっきまでケンカごしだったのが嘘みたいに、やさしい声で話しかけた。

「あなた、もうあきらめて、ずっと折り紙の姿で、ここに置いといてもらってはどうですか？　記憶はなくとも、ここでおだやかに第二の人生を送るのです。悪くないと思いませんか？」

「ここにいてもらえると……、オレも助かります」

おじさんも縁側から身をのり出して言った。

「オレがいない時に、この庭で直紀がひとりだと、ちょっと心配だったし」

ぼくもいっしょになって言った。

「折り紙様が来てくれてから、いつもにぎやかでぼくも楽しいよ」

折り紙様はだまったままだった。


そして連休が終わって、ぼくは、学校の遠足でバスに乗った。

それが見えたのは一瞬だった。

遠くに黄色いものがちらっと見えただけだったけど、なんだかすべり台のような気がした。

学校を出発して高速道路へ上がった時に、たまたま窓側の席にすわっていたから見えたんだ。古い工場と木造の家がたくさんある地域だった。

「あっちのほうは、おじさんが印刷してくれた地図にはのってない。たぶん市外だからだ」

家に帰ってすぐ、母さんにとなりの市の地図をプリントアウトしてもらった。

地図を見ながら、高速道路の入り口を探して、バスが走ったコースをたどっていくと、高速道路から見えそうな場所に保育園があるのがわかった。

「……海鳴寺保育園。やっぱり、あれはすべり台だったのかも」

8
知らせないほうがいい？

すぐとなりに卍の地図記号があって、海鳴寺と書かれていた。

「おじさんちからは、かなり距離があるけど……、一応見にいってみようかな」


遠足の次の日。

ぼくは学校から帰ると、自転車で海鳴寺保育園へ向かった。

何回も止まって地図を見た。

さんざん似たような道を行ったり来たりして、大きな倉庫の角を曲がった時、ふいに、水色にぬられたアーチ形の門が現れた。

門には、ゾウやウサギのイラストといっしょに「かいめいじ保育園」と書かれていた。

「あったー！」

自転車に乗ったまま、首をのばして中を見ていると、くつ箱の前をほうきではいていた女の先生と目が合った。白髪のショートカットで、やさしそうな先生だった。

その先生は近づいてきて、門越しにぼくに話しかけてきた。

「もしかして、君、木を見にきたの？」

「えっ？」

「先月、市報にのってから、時々卒園生とか街の人が見にくるのよ」

（木ってなんのことだろう？）

よくわからないまま、ぼくは聞いてみた。

「木じゃなくて、ここに、黄色いすべり台がありませんか？」

「すべり台？　ええ、あるわよ。ちょっとペンキがはげてきてるけど、近くで見てみる？」

「見たいです！」

門のそばに自転車をとめさせてもらって、中に入った。先生について建物の壁ぞいを歩くと、裏にある園庭が見えてきた。

そこに黄色いすべり台があった。

目がひとつ描いてあって、全体がゾウに見える。

（黄色いゾウのすべり台……！　折り紙様がいた場所って、きっとここだよ！）

ほかにも、ウサギやパンダの形の遊具があった。そうして、園庭がさらに見えてきた時、ぼくはぎくっとなって、思わず足を止めた。

まったく想像してなかったものが、そこにあった。

園舎の倍ぐらいの高さがある巨大な木が、真っぷたつに裂けてこげていた。裂けた半分が横倒しになったところに、立ち入り禁止の赤い三角コーンがならんでいる。

8

知らせないほうがいい?

それは、イチョウの大木だった。

倒れた木に、扇形の小さい葉っぱがたくさん残っていた。

折り紙様と同じ、明るい黄緑色の葉だった。

「びっくりしたでしょう？」

立ち止まったぼくのうしろから、先生が声をかけてきた。

「雷が落ちちゃったのよ。夜中のことだったから、だれもケガはしなかったんだけどね。樹齢は五百年くらいだって言われていたわ」

(折り紙様が庭に来た前の晩は、嵐だった。すごい雷の音がして、ぼくも夜中に何回も起きたんだ)

あまりにも木が大きくて、自分が小さくなった気がした。

「あ、あの……」

やっと声を出して、ぼくは聞いた。

「雷が落ちたあと、保育園で、やっこさんの折り紙がなくなったりしてませんか？」

「やっこさん……？」

先生は首をかしげつつ教えてくれた。

「そういえば、こどもの日の前だったから、園児がひとりずつやっこさんとかぶとを

8
知らせないほうがいい？

折ってね、二階の廊下の壁に展示していたのよ。でも雷のあと、飛び散った木の破片で窓が割れて、めちゃめちゃになっちゃって。だから、片づけの時に捨てたと思うわ。ほら、あのへんの窓がぜんぶ割れたのよ」

　先生が指差す二階の窓は、すでにきれいな新しいガラスが入っていた。

　ぼくは、もう一度、真っぷたつになっているイチョウの木を見た。

　その木は、なんていうか、ものすごく折り紙様っぽかった。

（これが、本当の姿なのかも……）

　こげて裂けた部分が痛々しかった。

（雷が落ちた時に、飛び出した魂が折り紙の中に入ったんじゃないかな。どうやってあの庭まで来たのかはわからないけど……）

　考えこんでいると、先生がため息をついて言った。

「このイチョウの木ね、今週末には、業者さんに撤去してもらうことになっているの」

「えっ、撤去？　ぜんぶなくしちゃうってことですか？」

　ぼくはあわてた。

「ええ。このままじゃ、いつ倒れるかわからなくて危険なのよ。切り株も残しておくとハチやシロアリの巣になるらしくてね。子どもたちも悲しんでいるわ。みんなが大好きな木だったから。だから、今度の金曜に『お別れ会』をするの。こんなことになる前の木の姿をみんなで絵に描いたり、歌をうたったりするのよ」

（たいへんだ、すぐに折り紙様に知らせてあげなきゃ……）

先生にたのんで、ぼくは倒れている木の枝から、黄緑色の葉を一枚、ちぎらせてもらった。

その葉をハンカチにはさんで、そのまま、おじさんの家へ向かった。

近道をしようとして、知らない道を通ったせいでよけいに迷ったけど、どうにか水野不動産の前の道へ出た。

夕日が差す墓場を横に見つつ、ぼくは自転車を押して大急ぎで坂道を上った。

するど、うしろから声がした。

「直紀さーん」

ふり向くと、人間の姿をした水野さんが坂を上がってきていた。

水野さんがそばへ来るのを待つ間、やけに鳥の羽ばたく音がしていた。上を向くと、夕焼けの空に、飛びかう黒い鳥のシルエットがたくさん見えた。

おじさんちの裏の森にはいつも鳥がいるけど、この時は異様な数だった。

「あやつの元の体を見つけたのですね」

8

知らせないほうがいい?

「たぶん……」

「保育園にあるイチョウの木だったでしょう？　古い寺のとなりの」

「えっ、水野さんは、知ってたの？」

ぼくはおどろいて聞き返した。

「ええ。彼は『海鳴寺の大イチョウ』です」

水野さんは、飛んでいる鳥たちを見上げながら答えた。

「海のほうで、長い間、鳥や妖怪たちの相談役みたいなことをしていたやつです。この街でわたしがやっているようにね。たまに、おたがいの相談者が敵同士だったりしたもので、わたしとやり合うこともよくあったんですよ」

飛ぶ鳥の数がさらに増えていた。

「ところが、雷のせいであやつは突然、体を失ってしまったようです。飛び出した魂が折り紙に入ったものの、今にも消えそうになっていたところを、鳥たちが見つけて、うちへ相談しにきたのです。そして、わたしがあの庭に連れていきなさい、と伝えました」

（そうか、鳥が運んできたのか……）

「水野さんは知っていたのに、どうして折り紙様に教えてあげなかったの？」

そう聞くと、水野さんはじっと目を細くしてぼくを見てきた。

今にもまた猫化して猫人間になるんじゃないかと思ったけど、水野さんは人間の姿のまま話した。

「記憶がもどれば、おだやかには過ごせません。魂というものは元の体へもどりたくなってしまいます。たとえ、もどれなくてもです。だから、わたしも鳥たちも、だまってそっとしておくことにしたのです」

「でも……」ぼくは食い下がった。

「折り紙様は自分のことを、知りたいんじゃないかな？　ぼくだったら、本当のことを知りたいと思うんだけど」

水野さんはぼくの顔を見つめたまま、長いことだまっていた。

それから、ぽつりと言った。

「本人の希望通りにすることが、いつも正解とは限りませんよ」

水野さんも迷っているように見えた。

「でも……、そうですね」

水野さんはいつもの笑顔になると、静かに言った。

「直紀さん……、あなたが思うようにやってみてください」

8

知らせないほうがいい?

そして、ぼくに背を向けて坂道を下りていった。

ぼくは水野さんの姿が見えなくなるまで、ずっと立ち止まっていた。たくさん飛んでいた鳥たちが、ばさばさと下りてきて、そこら中の木や電線にびっしりととまった。これからどうなるのか、見届けようとしているみたいだった。

（どうしよう……）

暗くなってきた坂道を、自転車を押して上りながらぼくは考えた。

（記憶がもどれば、元の体にもどりたくなるって、たしかに、そういうものなのかもしれない。でも、いつまでも本当の自分じゃないみたいな気持ちでいいのかな？）

おじさんの家は、もう電気がついていた。

自転車をとめて勝手口から庭へ入ると、庭の木や石がぜんぶ、黒い影みたいに見えていた。

「おう、来たのか。今日は遅かったんじゃな」

軒下から、折り紙様の声がした。

「うん」

本当の姿を知ってしまったせいか、ザルの中の折り紙様はひどく小さく見えた。

ぼくは折り紙様の前にしゃがんで言った。

「ねえ、折り紙様、もし記憶がもどっても、ずっとこの庭にいてね」

「なんじゃそれ」

「水野さんが……、記憶がもどるのはいいことばっかりじゃない、って話してたから」

折り紙様は、ハッ、と笑った。

「記憶がもどらないほうがまずいに決まっておるじゃろ。このままこの不安がずっと続いておったら……、不安が怒りに変わって、オレ様は……、悪霊になってしまうかもしれん！」

「折り紙様が悪霊？　そんなのありえないでしょ！」

思わず大きな声を出してしまった。折り紙様はいつも陽気で、悪霊なんて、なろうとしたって無理そうだったから。

「なんだ、直紀、来てたのか」ぼくの声を聞きつけて、おじさんも縁側へ出てきた。

「え、悪霊ってなんの話だ？」

すると、ずっと仰向けになっていた折り紙様が、ザルの中で起き上がった。

「おまえら、本当に何もわかっておらんのじゃな」

折り紙様は怒って話しだした。

「だれでも悪霊になりうるんじゃぞ！　だれでもどころか情の深いやさしい者や、

8

知らせないほうがいい?

正義感の強い者ほど、不安や怒りにとりつかれた時に恐ろしいものになる。……といっても、記憶がないから具体的な例があげられんが……。記憶がないってのはイヤなものじゃ。自分がぺらっぺらの紙になった気がする。実際オレ様は今、ぺらっぺらの紙なんじゃがな！」

折り紙様の声は、今にも泣きだしそうにふるえていた。

それで、ぼくは決めたんだ。リュックから、折りたたんだハンカチを出して開いた。

「折り紙様、これ」

取り出したイチョウの葉が、暗い庭で、ぽうっと光ったように見えた。

泣きだしそうだった折り紙様が、うれしそうに声をあげた。

「ああ……、それはオレ様だ！」

小さい子みたいな明るい声だった。

「ぼく、今日見つけたんだ。すごく大きなイチョウの木だったよ。真っぷたつになっていたけどまだ保育園の庭にあった」

「オレ様は……、ぜんぶ思い出したぞ！」折り紙様の声が力強くなっていった。「そうじゃ。オレ様はあの嵐の夜に、雷に打たれたんじゃった！」

「なるほど、折り紙様はイチョウの木だったのか。やったな、直紀」おじさんも、ほっとしたようだった。

ぼくも、やっぱりこれでよかったんだと思った。

「女の先生が言ってたよ。みんなが大好きな木だったって。今週の金曜に、保育園でお別れ会もするって」

電柱や電線にとまっている鳥たちの影が、さらに増えていた。でも、別にじゃまする様子もないし、ぼくに対して怒っているようでもなかった。

ぼくがザルの中にイチョウの葉を入れると、折り紙様は葉を見つめて動かなくなった。突然もどった五百年分の記憶のデータを、早送りして一気に確認しているように見えた。

じゃましないように、ぼくはだまって家へ帰ることにした。

「おい、待て」

庭を出ていこうとした時、折り紙様によび止められた。

「世話になったな……。ありがとう、直紀」

折り紙様が改まった感じでお礼を言うから、てれくさくなった。でも、ぼくはいつも通りに、手をふって言った。

「うん。またね、折り紙様」

9 渡されたお守り

折り紙様は、「海鳴寺の大イチョウ」だった。

そのことがわかった翌朝、ぼくは熱が出て学校を休んだ。夜道を自転車で帰ってた時、ちょっと寒いと思ったら、風邪をひいたみたいだった。

次の日も休んで寝ていると、おじさんがお見舞いにきてくれた。

「大丈夫か？」

「うん。もう、ほとんど治ってる」

とはいっても、まだ少し熱があるみたいで体がふわふわしていた。

「あのな……」

おじさんは、ぼくのベッドのそばで立ったまま話しはじめた。

「折り紙様、今日、……保育園のお別れ会に行っちゃったんだよ」

「折り紙様がお別れ会に!?」

思わずはね起きた。

とたんに頭が、がつんと痛んだ。

おじさんは心配そうにぼくの様子を見つつ、それでも話を続けた。

「あの日、直紀が帰ったあと、庭に鳥がいっぱい下りてきてさ、一羽ずつ折り紙様のところに行くんだ。庭もだけど屋根にもいっぱいで、明け方までずっと鳥が来てた。今思えば、あれは別れのあいさつだったのかもな」

（たった三十分、庭からはなれただけで、あんなに苦しそうだったのに！　今、どうしてるの？　無事なの？）

聞きたいことがいっぱいあったけど、聞けなかった。

おじさんの目が赤くなって、涙ぐんでいたから。

「きのうも、今朝もずっと説得してたんだ。このまま庭にいてください、せめて直紀ともう一度会うまで、待ってやってくださいって。でも、ぜんぜんダメで。『お別れ会』ってのが、今日の午前中でさ、……行っちゃったんだ。オレが仕事に行って、帰ってきたら、いなくなってた」

「鳥が運んだの？」

「たぶんな……」おじさんは、ぼくから目をそらすようにしてうなずいた。

9
渡されたお守り

「オレ、海鳴寺保育園まで行って話を聞いてきたんだよ。おとといすべり台を見にきた子の叔父です、って言って」

おじさんが話を聞いたのは、あの白髪でショートカットの先生らしかった。

「今日のお別れ会はさ、子どもたちが描いた木の絵を持って園庭へ出て、お別れの歌をうたったんだって。そしたら鳥の大群が来て、折り紙のやっこさんが空から降ってきたそうだ。あのやっこさんを折った子が、『これ、ぼくのやっこさんだよ』って言って大さわぎになったらしい」

ぼくはもう、悲しい予感しかしなかった。

「それで、折り紙様はおじさんちに、……もどってきたの？」

おじさんは首を横にふった。

「お別れ会が終わってから、子どもたちが『折り紙がしゃべってる』『みんなが描いた木の絵といっしょに燃やしてくれって言ってる』って言いだして、それで、お別れ会のあとに、絵といっしょにお焚き上げしたそうだ」

「お焚き上げって？」

「お寺や神社で、人形なんかを燃やす供養の方法だよ。元々、今日はイチョウの木の供養をすることになっていたらしい。古い木には魂が宿るって言われているから」

おじさんの話を、ぼくはうまく受け止められなかった。

ふわふわする頭の中に、空から子どもたちの真ん中に落ちていく折り紙様の、どこか得意げな姿だけが浮かんだ。

「これでよかったんだよ」

おじさんは、涙がにじんだ目をかくそうともせずに、ぼくを見てきた。

「今朝、折り紙様がいろいろ話してくれたんだ。直紀にも絶対伝えろって」

「折り紙様、なんて?」

「あの庭には、不安定だけど、とても強い霊気のかたまりがあるらしい。『用心しろ』と言われて、『骨とかですか?』って聞いたんだけど、それ以上教えてくれなかった。その代わりに、やたら『あの毛だるま野郎に借りができてしまった……』って言ってた。それともうひとつ、こっちは急ぐんだけど……」

そう言って、ぼくのおでこに手を当ててきた。

「明日、土曜だろ、保育園で丸一日かけてイチョウの木の撤去作業をやるらしいんだ」

「そういえば、今週末に撤去するって言ってた」

「それを直紀に『見届けさせろ』って言われたんだよ。園長先生にもたのんでOKをもらってるんだけど、行けるか?」

9

渡されたお守り

次の日、ぼくは自転車に乗って海鳴寺保育園へ行った。

熱はもう下がっていた。

屋上に上がらせてもらって、貯水槽の陰にシートをしいてすわった。

最初、フェンスに顔をくっつけて見ていたら、植木職人さんがやってきて、万が一、切った木が倒れたら危ないから、もっとはなれて見るように言われた。

見にいけて本当によかった。悲しい作業だと思っていたのに、ぜんぜんちがったから。

大木を撤去するというのは、ぼくの想像をはるかに超えた一大イベントだった。

まず、大きなクレーン車が入ってきた。

それから、職人さんたちが、はしごをかけて木に登り、ワイヤーをつけて、上から少しずつ枝を切る作業を始めた。

ワイヤーを枝につけるのは、切った部分がいきなり落っこちないようにだ。太い枝だから、落ちてちょっと転がるだけでも、近くにある塀や建物が壊れそうだった。

電動のこぎりの音がひびいて、木くずが飛び散った。職人さんたちの真剣なかけ声が飛びかって、すごい迫力だった。

『どうじゃ、オレ様はすごい木じゃろう？』っていう、折り紙様のいばった声が聞

9
渡されたお守り

こえる気がした。

　十時の休憩の時に、白髪のショートカットの先生がやってきて、職人さんたちにお菓子を配っていた。

　先生は屋上にいるぼくにも、お菓子を持ってきてくれた。その先生が保育園の園長先生で、となりにある海鳴寺の住職の奥さんでもあるって、おじさんに聞いていた。

　園長先生は、ぼくがすわっているシートのそばでしゃがむと話しだした。

「ねえ、君、こないだ来た時に折り紙のやっこさんのこと聞いてたわね。もしかして、お別れ会の日に、折り紙がもどってくるって知っていたの？」

　ぼくはどきっとした。

　だけど、「折り紙としゃべってました」なんて、いくら本当のことでも、あまり人には言いたくない。だまったまま困っていると、園長先生はいたずらっぽく笑った。

「ふふっ、無理に話さなくてもいいわよ。ふしぎなことって、人に話すのがむずかしいのよね。その人の心の、いちばん深いところとつながって起きる大切なことなのに、起きたことだけを口に出すと、とんでもない作り話みたいになっちゃうから」

　あれっ、と思った。

（この人も、イチョウの木だった折り紙様と話したことあるのかな？）

職人さんたちの休憩が終わって、撤去作業が再開された。

園長先生は立ち上がると、少しずつ片づけられていく木を見つめて話した。

「あの木はね、わたしが結婚してこのお寺に来た日から、ずっとわたしを見守ってくれてたのよ。もう、五十年以上前になるかな。とにかく陽気な木だったわね。日に当たるのが好きで、風に吹かれるのが好きで、子どもたちのことはもっと好きだったみたい。雷が落ちたせいで、突然こんなことになった時はショックで、わたし、いっぱい泣いちゃったのよ。でも、きのうはにぎやかに、いいお別れができた気がするの。きっと、君のおかげなのね」

「いえ、ぼく、何もしてないです」

「でも、彼は感謝していたみたいよ」

「え、彼……？」

園長先生はぼくを見下ろして、にっこりほほえんだ。

（やっぱり、この人も話してたんだ……！）

「それでね、わたし、彼にたのまれたの。『オレ様が撤去されるのを見届けに、男の子がやってくる。その子に、うちの寺に代々伝わるお守りを渡してやってくれ』って。これよ」

9
渡されたお守り

園長先生は小さい紙袋をぼくに渡してきた。中に、紫色の巾着袋が入っていた。

「開けてみて。割れ物だから気をつけてね」

言われるままに、巾着袋のひもをゆるめると、陶製の白い玉が三つ見えた。カプセルトイより、少し大きいくらいのサイズだ。

ひとつ取り出して思わず、えっ、と声が出た。

ひっくり返って白目になっている猫の絵が描かれていたから。

まるで落書きみたいだった。かたむけるとさらさら音がして、何か粉が入っているのがわかった。

「嘘かほんとか、うちの寺に伝わる猫よけのお守り『またたび爆弾』よ。ふふふっ」

「またたび、……爆弾？」

「冗談みたいな昔話なんだけどね。昔、この寺の庭に化け猫が集まって、夜中、踊ってさわぐ上に、近くの家々を荒らして悪さして困っていたんだって。これは、その時の住職が、化け猫の敵である化け鼠たちに作り方を聞いて作ったものなの。化け猫たちにこれを投げつけたら、みんなひっくり返ってのびちゃって、それから二度と現れなくなったそうよ。これはその時の使い残しだっていう話よ」

ぼくの頭に、変な光景が浮かんだ。

夜な夜なうるさく踊りまくる化け猫たちを、腹立たしげに見つめるイチョウの木だ。

「こんな大切なもの……、ぼく、もらえないです」

ぼくは玉の入った巾着袋を返そうとして、立ち上がった。

すると、園長先生はぼくが差し出した巾着袋を押しもどして言った。

「ダメよ。わたし、『必ず渡すわ』って約束したもの」

ばきばきと大きな音がした。切りはなされたイチョウの枝が、ワイヤーにつられて地面にゆっくりと下ろされていた。

園長先生はその様子をしばらくだまって見ていた。

「彼は本当に、偉大な木だったの……」

それから、ぱっと明るく笑って言った。

「ねえ、ふしぎなことってね、出会う人はとことん出会うのよ。ちょっとしたきっかけで、向こうからどんどん寄ってくるの」

（そういえば……、ぼくとおじさんは、シロや水野さん、春鬼、折り紙様って、次々おかしなものに出会ってる）

思わずうなずいたぼくに、園長先生はしっかりと巾着袋をにぎらせた。

「君なんかまだ若いから、きっとこれから、たくさんふしぎなことに出会うわね」

9

渡されたお守り

そして、にこやかに階段を下りていった。

お昼ごろ、おじさんも様子を見にきた。

おじさんは、母さんが作ったお弁当を持ってきてくれたけど、ぼくはなんだか胸がいっぱいで、ぜんぜん食べられなかった。

いろいろおかずが入ったお弁当は、おじさんがひとりで食べた。

「なんか、運動会の昼メシみたいだな。外で食べているせいかな……」

そう言って、ぽかっと晴れた空を見上げた。

空はどこまでも青くて、何もなくて、ただ、明るかった。

苦しい……。ずっと、雨続きだ。
土に水がしみると、乾いていた血に力がもどる。

折り紙に入りこんでいた、妙なやつ……、
あいつがいてくれた時は楽だった。
おかしな歌をうたっていたが、
あの歌に、封魔札のような力があったのかもしれない。
オレに気づいて、夜中によく話しかけてきた。
話したいことなど何もないから、一度も返事はしなかったのだが。

あいつがいなくなって、子どもが悲しんでいる。
あの子ども……、　直紀。
オレが直紀を傷つけてしまうような、
そんなことに、ならなければいいが。

10 悲鳴VS変な歌

イチョウの木の撤去作業を見にいったあと、雨の日が続いた。

雨がやんで、ひさしぶりにおじさんちに行ってみると、庭がものすごく荒れていた。

雑草がいっぱいのびて、木の枝や葉っぱが散らかって、ツクバイの水もよごれていた。でも、それだけじゃなく、陰気で空気が重かった。

「折り紙様がいなくなっちゃったからだ……」

つぶやいた言葉が、シンとした庭にひびいた。

縁側の下には、まだそうめんの箱と、ザルと重しの石が置かれたままだった。

シロが、足元に寄ってきた。

「シロ、さみしいね」

ぼくはしゃがんでシロの額をかいた。

真っぷたつになったイチョウの木。夕暮れの空にたくさん飛んでいた鳥。明るく晴

10
悲鳴vs変な歌

れていた保育園の屋上。思い出すと胸が苦しくなるような記憶の中に、「またたび爆弾」だけが、変な感じでまざりこんでいた。

（水野さん、仲が悪かった折り紙様を、この庭に置いてあげるなんて、やっぱりいい人だよね。いい人っていうか、いい化け猫だけど……。あ、もしかして水野さんも、あのお寺の踊りに参加していたのかな？）

そんなことを考えながら、ぼくはツクバイの水を替えて、庭の草木を見て回った。

庭の奥では、アジサイが水色やピンクに色づきはじめていた。ぼくがしょっちゅう出入りしている勝手口から一番遠い場所で、五株ほどならべて植えられている。

そのうしろに、白い砂がまかれて山みたいになったところがあった。

なぜか、コケも草も生えていない。森のそばで、庭の中でも一番湿っぽい場所のはずなのに、砂はさらさらして、乾いている。

ぼくは、急にそこが気になってきた。

アジサイの植えこみを通りぬけていこうとした時、低いうなり声がした。

ふり向くとシロがいた。

（えっ、シロ？）

シロがうなるなんて、初めてだった。

びっくりして、ぼくは植えこみの中で立ち止まった。

しかも、いつも閉じているシロの目が、うすく開いていた。ルビーみたいな濃い赤色で、目の奥から光っているように見える。

「シロ……、どうかしたの？」

植えこみから出て近づくと、シロはすぐに目を閉じた。指で額をかいてやると、何もなかったようにぐるぐると、のどを鳴らした。


その日、五時ごろに帰ってきたおじさんは、ひどく疲れて見えた。

「おじさん、おかえり」

「おお」

ふだんは、おじさんが家の中から雨戸を開けてくれるのを、ぼくは庭で待っている。でも、その時はふらつくおじさんが心配になって、玄関からいっしょに家の中へ入った。おじさんはよろめきながらスーツを脱ぐと、パジャマを着た。

そして、押し入れから布団をずるずる出してきて、ばたっと倒れこんだ。

「どうしたの、風邪？」

「いや、眠いだけ……」

10

悲鳴 vs 変な歌

おじさんがいきなり寝るから、シロの目が開いていたことを伝えそびれた。シロはウロウロと、落ち着かなそうにおじさんの布団のまわりを歩いていた。

となりの座敷のパソコンで、ぼくはしばらく調べ物をした。

家に帰る時間になって、声をかけたり、ゆすってみたりしたけど、おじさんはぜんぜん起きなかった。

しかたないから、そのまま帰ることにした。

「シロ、またね」

玄関で手をふると、シロはなんだか心細そうにぼくのほうを向いて、にゃー、と鳴いた。

次の日も、その次の日も、おじさんは帰ってくるなりばったり倒れて眠った。

疲れ方がなんだか変だった。目の下にクマができているし、なんだか頬もこけてきていた。

家で母さんに、おじさんが疲れてることを話すと、母さんは「一臣って、ほっとくと食パンしか食べないからね。野菜とか肉が足りてないのよ」と言った。

それで、週末にぼくが栄養たっぷりの晩ごはんを持って、泊まりにいくことになった。

そして迎えた金曜の夜。

おじさんは帰ってきてすぐ、また眠ってしまった。

テレビもないし、おじさんが寝てしまうと家の中は本当にシンとする。

ぼくはいつものようにパソコンで、草や木のことを調べて過ごした。

おなかがすいたので、台所にあった食パンを一枚かじった。シロにもキャットフードのカリカリをやった。シロはなんだかそわそわしていた。

おじさんが目を覚ましたのは、夜十時前だった。

「はっ、明日の授業の準備しなきゃ！」

「明日って土曜日だよ。学校あるの？」

声をかけると、おじさんはぼくを見て「うおっ」と声をあげた。

「なんだ直紀か、そういえば泊まってくれるんだったな」

おじさんは、布団のそばに来たシロをなでた。

「おじさん、おなか減らない？　母さんが、晩ごはんを持たせてくれたんだ。お鍋だけど、スープ入れて、火にかけるだけだって」

「ああ……、それはありがたい」

ふらふら立ち上がると、おじさんは台所へ向かった。

10

悲鳴vs変な歌

遅い晩ごはんが始まった。

母さんが持たせてくれた保冷バッグには、鍋が丸ごと入っていて、切った野菜と豆腐と肉が、ぎゅうぎゅうに詰まっていた。

鍋をカセットコンロにのせて、ペットボトルに入れてきた鍋のスープを注いだ。

おじさんがめずらしくがっついて食べるので、つられてぼくもいっぱい食べた。

「ねえ、何か変なことが起きてるんじゃない？」

ぼくが聞くと、おじさんは、食べるのをやめて話しだした。

「夢の中で、女の人の悲鳴みたいなのが聞こえるんだよな。それがすごく悲しそうで……。寝ても寝た気がしないっていうか。でも、今、ひさしぶりにしっかり眠れた。食欲も出たし、直紀がいてくれたおかげかなあ」

鍋の最後はうどんを入れて食べて、ふたりでスープまできれいに飲み切った。

「明日、水野さんに相談してみない？」

ぼくがそう提案すると、おじさんはふしぎそうな顔をして言った。

「ああ……、そうだな、水野さんに相談すればいいのに、どうして今まで思いつかなかったんだろう？　折り紙様の件はちょっと前に報告してたんだけどな」

母さんの鍋セットを食べたおじさんは、急にすっきりとした顔になっていた。体もしゃんとして、ぼくが持ってきていたチョコレート菓子までぼりぼり食べた。

おじさんが起きている間に、ぼくはトイレに行って、歯もみがいた。明かりが届かない暗いところは見ないようにした。

なんとなく、家の中の雰囲気がおかしい気がしていた。

おじさんはもう少し起きて仕事すると言っていたので、ぼくは先に寝ることにした。

でも、なかなか眠れなかった。

三回くらい寝返りを打ったあと、布団の中から声をかけた。

「ねえ、おじさん、先生の仕事ってどんな感じ？」

「んー？」

おじさんはパソコンに向かったまま答えた。

「ずっとしゃべってるから、のどが痛くなるなあ。非常勤だとさあ、授業がぶっ通しで続いてることが多いから。でも、みんなすごく静かに話を聞いてくれるぞ」

「ふーん」

（ほんとかなあ、実はみんな寝てたりして……）

こっそり悪いことを考えていたら、逆に聞かれた。

「直紀は学校どうなんだよ。なんか姉ちゃんが心配してたぞ。担任の先生に『直紀く

10

悲鳴 vs 変な歌

んはとても静かな子で、教室ではほとんどひとりでいます』って言われたって」

「うん、ぼく……、友だちいないかも」

「そっ、そうなのか!?」

おじさんが深刻な顔でふり向いてきた。

「おまえって、道で見つけためずらしい草の話はしてくるのに、友だちの話はしないなあって思ってたんだが、そうか……、そうだったのか……」

ぼくはちょっとあわてて、言いわけするみたいに言った。

「だって、ぼく、みんながわいわいしてるとこに入っていけないんだよ。ぼくが入るとじゃまなんじゃないかな、とかいろいろ考えちゃって」

「直紀はまわりを気にしすぎなんだよ！」

「でも、話しかけられた時はしゃべってるよ。今日も近くの席の子たちに『右手で三角を描きながら、左手で四角を描ける？』って聞かれて、いっしょにやったもん」

「そんなこと、できるか？」

「ぼくできたよ」

ぼくは布団の上に起き上がってやってみせた。おじさんは真似しようとしたけど、ぜんぜんできない。

「えっ、なんでできるんだ？」

「えっ、なんでできないの？」

そうしてふたりで手をカクカクさせていた時、かたんと音がした。

手を止めて、ふたりで顔を見合わせた。

そのまま、カタカタカタと地震みたいな音がしはじめた。

欄間のほうからだった。見上げると、フックにかけてある槍がふるえている。

「勝手に動いてる……」おじさんは立ち上がって、動く槍に近づいた。「なんでだ？」

そのおじさんの足元でシロの目が開いていた。

「おじさん、シロが！」

ぼくも立ち上がった。

シロはルビーのような赤い目を見開いて、閉まった雨戸のほうを見ていた。この前アジサイのところで見た時のように細くじゃなくて、完全に開いている。

「シロ……、外に何かいるのか？」

おじさんがシロの顔をのぞきこんだ。

すると、外から、細い笛のような音が聞こえてきた。最初は小さかったのに、だんだん大きくなっていく。

10

悲鳴 vs 変な歌

それが女の人の悲鳴だって気づいた時、全身に鳥肌が立った。

「これだよ、直紀！　夢でもこの悲鳴が聞こえていたんだ！」

声はますます大きくなって、すぐそばで消防車がサイレンを鳴らしているみたいになった。

耳をふさぎながら、ぼくは怒鳴るように言った。

「おじさん！　夢じゃなくて、ほんとに聞こえてたんじゃない!?」

「そうかもしれない！　でも、夢の中じゃ、ここまででかい声にはならなかったぞ！」

槍は、フックから外れて落ちそうなくらいガタガタふるえていた。

鼓膜が破れそうなほど悲鳴が大きくなると、今度は言葉が聞こえてきた。

〈呪ってやる。同じ目にあわせてやる――〉

苦しそうな女の人の声が、大音量のスピーカーから聞こえるみたいに、家中にびりびりひびいた。

いったんやんだ悲鳴が、また笛くらいの音から始まって、サイレンのようになっていく。さっきより、もっと大きくなっている気がする。

（呪うって、同じ目って、何？　怖い！）

その時、ぼくの頭の中に、まるで場ちがいな明るい歌が流れだした。

「お月見　楽しみ　暗闇　煮こみ♪
お刺身　しみじみ　海　なつかしみ♪」

折り紙様の歌だった。

折り紙様の、あの陽気な声のまま、突然、流れはじめた。

（こんな時になんで？）

そう思いながらも、ぼくの口は、頭の中に流れる歌につられて動きだした。

「お刺身……、しみじみ、海……、なつ、かしみ」

声に出すと、悲鳴が少し弱まった感じがした。

「直紀、それって折り紙様がうたっていたやつか？」

「うん、おじさんもいっしょにうたって！　なんだか気がまぎれる」

「ああ、よくわかんないけど、もうやけくそだ！」

おじさんもいっしょにつぶやきはじめた。うたうというより、ふたりで呪文を唱えているみたいだった。

「折り紙　かみかみ　毒見は無意味
富、罪、恵み、片隅に
足踏み　ふみふみ　折り紙だのみ」

(ぼく、どうして、こんな歌をうたってるんだろう……)

恐怖に押しつぶされそうなのに、ふと冷静になった時、悲鳴が消えた。

「消えた……？」

ほっとしたものの、ぼくはショックでしばらくぼうっとなった。

おじさんも耳から手をはなして、そのまま何か考えこんでいる。

おじさんちで変な目にあうのは初めてじゃない。でも、春鬼や折り紙様の時とはまったくちがう感じがしていた。

考えこんでいたおじさんが、やっと口を開いた。

「直紀、今度やってきたのはおそらく人だ。なぜかわからないが、ひどく悲しんで、そして怒っている女の人だ。たぶん……、もう亡くなっている」

ぼくはまだぼうっとしていた。

「すごい声だった……」

シロは真っ赤な目を見開いたままだ。

おじさんは、だまってシロの頭をやさしくなでた。

ぼくは部屋の中を見回した。とたんに、くらっとなった。

女の人はだれなのかとか、どうして槍がふるえるのかとか、考えなきゃいけないことがいっぱいあるのに、なぜか気絶しそうなくらいに眠かった。

「……おじさん、ぼく、すごく眠い」

「オレも眠いけど、どうにかして起きとくよ。あの人がまた来る気がする。朝になったら、水野さんに相談しにいこう」

「さっきの……、折り紙様の歌みたいな、明るい雰囲気にしてたら出てきづらいのかもしれない」

「そうだな。パソコンで、笑える動画を流してみるか」

「かわいい猫の動画でも、いいかも……」

それだけ言うと、ぼくは布団に倒れこんで、ぱたっと眠った。

10
悲鳴 vs 変な歌

どれくらい眠ったのか、目のまわりを必死になめられている感じがして目を覚ました。

「うわっ」

また消防車のサイレンみたいな大音量の悲鳴がひびいていた。

目の前に、目を見開いたシロの顔があった。

「シロが……、起こしてくれたの？　おじさんは？」

おじさんは、パソコンのモニターの前につっぷして寝ていた。

「おじさん、起きて！」

寝ているおじさんは、脂汗を浮かべてすごく苦しそうだった。でも、ゆすってもたたいても、起きない。

(こんなにしても起きないなんて……！)

畳の上に置いてあるデジタル時計を見たら、三時二分だった。

つけっぱなしになっている動画の音量を上げようと、パソコンのマウスをさわった。

すると、ブツッ、と音がして、真っ暗になった。

停電したんだ。

真っ暗な部屋で、蛍光のデジタル時計と、シロの開いた赤い目だけが光っていた。

「おじさん、停電しちゃった。起きてよ！　起きて！」

おじさんは何をしても、まったく起きなかった。

ぼくも眠くて、まばたきするたびに、まぶたがくっついてそのまま寝そうになった。

何度か意識が途切れたけど、シロが顔をなめて起こしてくれた。

シロが一生懸命に、（起きて！）って言ってるみたいだったから、ぼくはとにかく必死になって目を開けた。

そして、折り紙様がうたっていた歌を、呪文みたいにつぶやいた。

一分、二分と時間が進むのを、じりじりしながら待った。

半分眠りかけみたいになっているぼくの心の中へ、さけんでいる女の人の気持ちがどっと流れこんできた。

（この人、怒ってる……。泣きながら、怒ってるんだ……。一体、何があったんだろう……）

かけてある槍が、ガタガタとこれまでになく激しく動いていた。

（眠い、もう、限界……）

そう思ったころ、雨戸の外から、鳥の鳴き声が聞こえてきた。

夜明けだった。

10

悲鳴 vs 変な歌

雨戸のすき間から、青っぽい朝の光が入ってくると、悲鳴は少しずつ遠くなっていった。

そこから、しっかりした朝の光に変わるまでの時間が、無限に長く感じられた。

そのまま寝てしまったのか、気づいたら、昼の十二時前だった。

先に起きたのは、おじさんだった。

「直紀、起きろ……、電気がどこもつかないんだけど、停電したのか？　なんかもう、いろいろまずいことになったな」

「うん、まずい……」

体が異様に重かった。ふたりで縁側まではっていって、どうにか雨戸を開けた。

家の中の空気を入れ替えると、息苦しさが少しずつ消えていった。

ふらふらしながら顔を洗って、服を着替えた。おじさんがシロを抱っこして、ぼくらはすぐに水野不動産へ向かった。

11 二百年前の事件

水野不動産には、臨時休業のプレートが下がっていた。

「まさか……、また温泉か？」

おじさんは閉まったガラスのドアに、ぺたりと手を当てた。

ぼくもシャッターが下りた事務所をうらめしくながめた。でも、チン、とエレベーターの音がして、マンションのエントランスのほうから声がした。

「一臣さん、直紀さん、おはようございます」

「水野さん!!」

水野さんはいつもとちがって、なんだか悲しげだった。

「シロの目が開いて、槍が動きだしたのでしょう？」

「そうです、女の人の声が聞こえて……、ごぞんじなんですか？」

おじさんが聞くと、水野さんはうなずいた。

11

二百年前の事件

「ええ。今朝方、鳥がひどくさわいでいたのでね。今日は事務所を閉めてお待ちしておりました。わたしの自宅で話しましょう」

ため息をつきながら、エレベーターのほうへぼくらを招いた。

「簡単な朝食もお出ししますよ。朝ごはん、まだおすみではないでしょう？」

「あ、じゃあ、お言葉にあまえて……」

おじさんが頭を下げて言って、ぼくらは水野さんといっしょにエレベーターに乗りこんだ。

屋上にある水野さんの家は、広い玄関から、観葉植物がいっぱい置かれた気持ちよさそうなリビングが見えていた。

でも、水野さんは家の中じゃなくて、庭のほうへぼくたちを案内した。

庭もすごかった。

背の高い木がたくさん植えられているし、小さいプールまである。

そのそばには、パラソル付きのテーブルとイスがあった。リゾートホテルみたいなおしゃれな場所だけど、塀の向こうは墓場と古いビルだ。

勧められたイスにすわって待っていると、水野さんがパンとコーヒーを持ってきた。ぼくには別で、オレンジジュースを用意してくれていた。

トレイを持つ水野さんの足元に、一羽のカラスが舞い下りた。くちばしがすごく太い、大きなカラスだった。

「このカラスが、あなたたちが来ることを知らせてくれたんですよ」

水野さんはそのカラスにパンをちぎってやった。

折り紙様の時もそうだったけど、水野さんは鳥と話ができるのかもしれない。

「はあ……」水野さんが、何度目かのため息をついた。

パラソルの角度を調整して、近くのビルから見えない位置にすわると、水野さんは猫人間になった。

そして、テーブルにひじをつくと、頭を抱えるようにして口を開いた。

「何からお話ししたらよいものか……。今、あなた方を襲おうとしているのは、小夜という女性が残した恨みの念です」

(あの声の人、小夜さんっていうんだ……)

水野さんはのろのろと話した。

「その……、小夜は自分の命日が近づくと力を強めて、毎年、……現れるのですよ。あの庭にね」

おじさんがせかすように身をのり出して聞いた。

11

二百年前の事件

「つまり、成仏できない幽霊が、あの庭の、霊気に引き寄せられてるってことですか？」

「まあ……、そんなところです」

水野さんは、はっきりしない感じで答えた。

それから、ため息をついてイスにもたれると、パラソルの骨組みを見上げるようにして話しだした。

「かつて、この街の海のほうに、舟をいくつも持ち、大きな屋敷とたくさんの蔵を所有する商家がありました。二百年前……、江戸時代の後期の話です」

ぼくとおじさんはテーブルの上のパンやジュースに手もつけず、水野さんの話を真剣に聞いた。

「その商家の主人には、屋敷にいる本妻とは別に、二番目の妻がいました。そのころは、お金のある商人は、よく複数の妻を持っていましたのでね」

「それが、小夜さんなんですね」

おじさんが口をはさむと、水野さんはうなずいた。

「ええ。小夜は二番目の妻で、屋敷ではない場所で暮らしていました。本妻よりも立場は下という扱いです。生まれた子どもも、ふつうは本妻の子が跡取りとして優先されます。ただ、主人とその本妻の間にはなかなか跡継ぎの子どもが生まれませんでした。その間に、小夜が男の子を産み、主人はたいへんよろこびました。ところが、その三年後に本妻のほうにも男の子が生まれたのです。主人は、あとから生まれた本妻の子を跡継ぎにすることをちゃんと話しました。小夜も、欲のない女性でね、息子とふたりで静かに暮らせればいいと考えていましたから、それで何も問題なかったはずなんです」

恨みだとか幽霊だとかの話を聞いているのに、いい天気の土曜の午後だった。

空には、ふわふわの白い雲が浮かんでいるし、マンションの下からは車のエンジン音がひびいていた。

「ところが本妻は心配だったのです。どうしても、主人が小夜との子どものほうをかわいがってるような気がしてね。そして、とんでもない行動に出ました。自分の息子が三つになった時、屋敷で祝いの会を開き、六つになっていた小夜の息子を招待し、そこで、人に命じて古井戸に突き落とさせたのです」

「殺したの……？」

ぼくは思わずうめいた。

「ええ、ひどい話です」水野さんも顔をゆがめた。「見ていた者もたくさんいたのに、本妻が恐ろしくてだれも止めませんでした。さらに、子どもが勝手に落ちたと言えと

11
二百年前の事件

おどされて、だれも逆らいませんでした。そのまま、不幸な事故として処理されました。息子が遺体で帰ってきたのを見た小夜は、悲しみと怒りのあまり……、その夜、自ら命を……。『自分の命と引き換えに、屋敷の者を全員呪い殺す』と言ってね」

空気が張りつめて、街の音が遠のいた。

「この世に数多くある呪いの中でも、子どもを殺された母親の呪いは最強です」

そこまで話すと、水野さんは大きく息をついた。

「ところが、小夜の呪いは成就しませんでした。屋敷の者はみんな、無事に人生を終えました。事件の真相がうわさとなって流れたので、商家からは人がはなれていき、数年で店はつぶれ、ろくなことにはなりませんでしたが、呪いによってだれかが死ぬことはありませんでした」

「どうしてですか？」

そう聞くおじさんは、日が当たる場所にすわっているのに寒そうだった。

水野さんは、さみしげにほほえんで答えた。

「小夜の呪いで大勢の人が傷ついたり、命を失ったりすることになってほしくない、と考えた者がいるのですよ。そやつが、そこの寺の坊主に……いえ、住職に相談して、当時の住職が小夜を封じたのです。たまたま強い法力を持つ住職だったのでね」

「住職に相談しただれかって、水野さんですか？」

おじさんが、水野さんの顔をじっと見て聞いた。

「さあ、だれでしょうね……」

水野さんは、今まででいちばん長いため息をついた。

「それからは、寺の住職が代々、庭に現れる小夜を封じてきました。自分では封じられないと思った者は、日本中を探して封じる者を見つけてきて、あの家に住まわせました。ところが……、ついに、封じるだけの法力を持つ者がいなくなりました。本当に、もう、どこを探してもいないんですよ。そして、昨年の秋に、封じる力を持つ者が見つからないまま住職が病で亡くなり、梅雨の時期がめぐってきて、今年もまた小夜が目覚めつつある……」

おじさんと水野さんのコーヒーからは、もう湯気が立たなくなっていた。

「ですが、封じることができなくても、小夜を止める方法はあります」

水野さんは、ちらり、とおじさんを見た。

「一臣さん……、逃げ出したりされませんよね？　あなたが協力してくれなければ、小夜は庭から出ていって、たまたま出くわしただれかを襲う。屋敷の関係者に見合う数の人々、止めるものがなければ、もっと……」

11
二百年前の事件

「逃げたりしませんよ」

おじさんは案外、落ち着いて答えた。

「小夜さんを止める方法を教えてください」

水野さんは、ほっとしたように小さくうなずいた。

「前から話しております、欄間の下のところにある、あの槍です。あれで〝ぶっすり〟やっていただければすべて解決です。あれは、魔物から人間を守るために作られた槍でしてね。人に危害を加えるものが近づくとふるえて警告し、刺せばたちまち消滅させることができる。ただ、あの槍の力は強すぎまして、力が発動している時に槍にさわれば、わたしなどのような妖怪も消されてしまうんです」

水野さんはそこで言葉を切った。

なぜか、ぼくらから目をそらしたような気がした。

「そういうわけで……、わたしには槍は扱えません。人間である一臣さん、もしくは、直紀さんにやっていただかないと」

「ぶっすりって、その……、小夜さんの幽霊を、ってことですか？」

おじさんが聞くと、水野さんは、やっぱり少し目をそらすようにして答えた。

「正確には、恨みの念がとりついているものをです。見ればわかります。ただ、いつ現れるか相手任せではいけません。誘い出して迎え撃ちましょう。誘い出す方法はありますから。わたしが今晩、そちらにうかがいます」

おじさんと水野さんが、冷めたコーヒーを飲みはじめたので、ぼくもオレンジジュースのストローに口をつけた。

突然、おじさんがきびしい声で言った。

「直紀、おまえは家に帰れ」

「どうして？」

「危なすぎる、おまえに何かあったら、オレは颯生さんに合わせる顔がない」

水野さんがふと顔を上げた。猫の大きな手でコーヒーカップを持って、ぼくのほうを見てくる。

「颯生さん……、というのは直紀さんのお父さんの名前ですか？」

ぼくじゃなくて、おじさんが答えた。

「ええ、直紀が小さい時に亡くなってるんです」

「そうですか……。あなたたち、ずいぶん仲のいい叔父と甥だと思っていましたが、一臣さんが父親代わりなのですね」

「父親代わりなんて、とてもできていませんよ。颯生さんは、ぼくなんかよりずっと、

11

二百年前の事件

しっかりした人でしたから……。とにかく、直紀を危ない目にあわせるわけにはいきません」

ぼくは、負けずに言い返した。

「おじさんだけのほうが危ないよ。きのうの夜だって、ひとりで寝ちゃってたじゃない！」

「それでもダメだ」

ずっとおじさんのひざの上にいたシロが、水野さんのひざへぴょんと飛び移った。

そして、ぼくたちが言い争うのを、水野さんといっしょにじっと聞いていた。

おじさんが何度も「帰れ」と言ってくるので、ぼくは夕方、いったん家へもどった。

でも、言うことを聞く気はなかった。

（懐中電灯がたくさんいる。あと、着替えと、食べ物も持っていきたい。おじさんちは食べ物がぜんぜんなかったから）

キッチンで持っていけそうなものを探して、がさがさやっていると、うしろから母さんに声をかけられた。

「今、一臣から『今晩、直紀を絶対に来させるな』って連絡があったんだけど……」

どきっとしたし、あせって、ぼくは目がきょろきょろしていたと思う。

でも、母さんはふつうに聞いてきた。

「ケンカでもしたの？」

（ケンカ？）

一瞬考えたけど、ケンカといえばケンカなので、もうそういうことにした。

「そうなんだ、ケンカしちゃって！　でも、仲なおりしたいから、ぼく今日も、どうしても泊まりにいきたいんだよ。明日はまだ日曜だし」

「へえ、ふたりがケンカなんて、めずらしいわねえ」

母さんはふしぎそうに首をかしげた。

でも、すぐに、「じゃあ、晩ごはん持っていく？」と言って、冷凍庫からおかずを出してくれた。大きい鶏肉とジャガイモが入っている、母さんがよく作ってくれるぼくが好きなグラタンだ。

「あ、ありがとう」

「どういたしまして。もう焼いてあるから、レンジで温めたらすぐ食べられるわよ」

保冷バッグにグラタンを入れる母さんを見ながら、ぼくは考えた。

もし、殺された子が、ぼくだったら？

11
二百年前の事件

母さんも、二百年くらい怒り続けると思う。

二百年どころじゃない。千年でも足りなくて、地球がなくなるまで怒り続けるんじゃないかな……。鬼みたいな顔になって「二百年なんて、一秒よ」くらい言いそうだ。

母さんは保冷バッグに、野菜ジュースとクラッカーと、なぜかのど飴まで入れて、おもしろそうに笑った。

「ふふっ、なんだか、きびだんご持たせてるみたい」

「きびだんごって、桃太郎の？」

「そうよ、一臣は鬼じゃないから、やっつけなくてもいいんだろうけど。でも、仲なおりできるといいわね」

そう言って、保冷バッグを持ったぼくの背中をぽん、と押した。

自転車に乗って、二階の窓から見送ってくれている母さんに手をふり返した時、ぼくはまた考えた。もし、小夜さんが今の時代に生きてたら？

子どもを殺されたりしなくて、ふたりでおいしいごはんとか食べて、ずっと暮らせていたのかも。ぼくと母さんみたいに……。

12　庭に現れたもの

「おや、直紀さん」

おじさんちには、もう水野さんが来ていた。

猫人間の姿になって、ぬらした筆で座敷に大きな円を描いている。

「それ、何？」

「気休めですが……、一応結界です。この中にいれば、少しは安全かもしれません」

お酒で描いているから、少しぬれて見えるだけだけど、円の中に、大人が三人はすわれる大きさだった。

おじさんはやってきたぼくを見て、思いっきり顔をしかめた。「オレは賛成しない」

と言って、しばらくぼくと目を合わせようとしなかった。

ぼくは結界の中に、持ってきた懐中電灯をぜんぶ置いた。

前の夜に停電したのは、勝手にブレーカーが落ちたからだった。ブレーカーはもど

12

庭に現れたもの

したけど、きっとまた停電すると思った。

おじさんと水野さんが、欄間の下から槍を下ろした。

先を包んでいる白い布を外すと、さびてぼろぼろの「穂」の部分がむき出しになった。

「ぼろぼろですが、問題ありません。ふつうの槍ではありませんから」

槍を見つめる水野さんは、やっぱり悲しげに見えた。

「とにかく一臣さんに、今から来るものをぶっすりやっていただければ、長いこと続いてきた呪いは終わります」

水野さんがコンビニの袋いっぱいに、おにぎりを買ってきてくれていたので、晩ごはんはそれですませることになった。

結界の中に入り、三人ですわって食べた。

これから何が起こるのか、小夜さんがどんなふうに現れるのか、ぼくにはうまく想像できなかった。

日が沈むと、水野さんがのっそり立ち上がった。

「はあ……、そろそろやりましょう。小夜に現れてもらって、槍の力が発動しないことにはたたかえませんが、夜が深まると、どんどんあちらの力が強くなってしまいます」

そう言って、持ってきたバッグからふたのついた陶器を取り出した。

「これは香炉といって、お香を焚く時に使うものです」

「手伝いますよ」

おじさんがマッチをすって、中のお香の粉に火をつけた。

煙が出て、鼻がすっとするにおいがたちこめると、水野さんは、煙が出ている粉の上に、袋に入れた土をつまんでふりかけた。

「小夜が呪った商家の墓の土です。事件の数年後には店がつぶれ、子孫も息子の代で途絶えました。関係者などもうだれも生きてはいない。墓石も今では草に埋もれています」

とたんに、あたりの空気が変わった。

風が吹きだした。

最初は、丸めたレシートが転がるくらいの風だった。それが、だんだん強くなって、家の奥まで吹きこんできた。壁のカレンダーがめくれて、画びょうごと飛んで落ちた。

シロの目が開き、畳の上に置いた槍がガタガタと動きだした。

12

庭に現れたもの

おじさんが槍を手に取ると、槍の動きがぴたりと止まった。そして、槍の先の、さびた「穂」がぼんやり青色に光りはじめた。

（すごい。あんなにぼろぼろだったのに、ふつうの槍じゃないんだ……）

「槍の力が発動しました」

そう言う水野さんは、全身の毛が逆立っていた。

「絶対に、その槍をわたしのほうへ向けないでくださいね。前にお話ししたように、その槍は強力すぎて、力が発動した槍にさわればわたしも消滅します」

風がますます強まった。

目を開けていられなくなった時、きのうと同じ悲鳴が聞こえはじめた。

ばんっと大きな音がして、雨戸が一枚外れた。その雨戸は、紙切れみたいに空高く飛んでいった。同時に、いきなり停電した。

「来ますよ」

水野さんが張りつめた声で言った。

「気をつけろよ、直紀」おじさんが槍の穂先を庭へ向けたまま言った。

「うん」ぼくも懐中電灯の光を、暗い庭へ向けた。

庭の奥で、ごそっ、と重い石が動くような音がした。アジサイの植えこみのほうだ。

ばきばきと庭の木の枝が折れる音もする。

(何が起きてるんだろう)

息をつめて身構えていると、庭を歩いてくる黒い影が見えてきた。

「は、はあっ⁉」

おじさんが、かすれた声でさけんだ。

びっくりしすぎてぼくは声が出なかった。

懐中電灯の光がぎりぎり届いて、やってきたものの頭のあたりが照らされた。それは、耳のほうまで口が裂けた巨大な黒猫だった。

見えにくいけど、トラやヒョウくらいの大きさがある。

頭を低くして、苦しげにうなり声をあげている。

水野さんがさけんだ。

「やつの名前は六幻！　小夜の飼っていた四百年ものの化け猫です！」

「化け猫⁉　なんで⁉」

うろたえるおじさんに、水野さんが早口で説明した。

「六幻は人の姿になることをイヤがって、ふつうの黒猫の姿で飼われていたのですが、小夜は六幻が化け猫であることを知っていました。自ら命を絶った夜、小夜は恨みの

12

庭に現れたもの

念をこめた自分の血を、妖力をもつ六幻に浴びせることでとりついたのです！」

「し、しっぽが……、たくさんある？」

ぼくがつぶやくと、水野さんが答えてくれた。

「ええ、六本あるのです。猫や狐の『化け』は、妖力が高まるにつれてしっぽの数が増える。化け猫で六本なんて、もう最高の本数です。小夜はとんでもない大物妖怪にとりついたのですよ。強い力をもつ六幻が体をのっとられて人を襲ったら、大惨事になってしまう。ですから六幻はこの庭に来て眠り、庭の霊気を吸って、どうにか生きながらえ、小夜の呪いを封じ続けてきたのです」

（そうか、シロが警戒していた、あの乾いた白い砂のところにいたんだ……）

おじさんが、ぼくを自分のうしろにかくすようにした。

「水野さん、こんなのが庭にいるって、よくもオレたちにだまって……！」

おじさんが責めるようにさけんで、水野さんがもっと大きな声でさけび返した。

「だって、『呪われた化け猫が庭に埋まっています』なんて本当のことを話したら、この家を借りましたか？　しかも、『呪いのせいで、たまに人を襲う気まんまんになります』って話しても逃げずにいてくれました？　さあ一臣さん、刺して！」

「えっ、この化け猫ごと？」

「とりつかれてる六幻も、それを望んでいるのです！」

おじさんは、混乱した頭の中を整理するようにまくしたてた。

「えーと、ちょっと待ってください。小夜さんが人を襲わないようにって、小夜さんの呪いをずっとひとりで封じてきたのなら、それは……、いい化け猫ってことじゃないですか？　そうだ、ものすごくいい猫だ！」

おじさんがしゃべっている間に、六幻が縁側へ上がってきた。

大きく裂けた口の中に、真っ赤な舌が見えた。金色の目はつり上がり、耳は大きな三角形だ。黒くて太い前脚で、香炉を粉々に踏みつぶすと、六幻はぞっとする声でほえた。

〈――許さない。同じ目にあわせてやる――〉

小夜さんの悲鳴も声も、六幻の体から聞こえていた。

「一臣さん、早く刺してください！　こういった呪いの声には、獲物を眠らせる力があるのです。もたもたしてたら、全員眠りこんで食われちゃいます！」

水野さんがさけび終わる前に、六幻がすっとぼくに近づいて前脚をふった。

12
庭に現れたもの

反射的に体を引いたけど、するどい爪がぼくの右の頬をかすった。

「直紀っ！」

おじさんの声は、だれの声なのかわからないくらいひっくり返っていた。

「平気だよ！」ぼくはできるだけ大丈夫そうな声で答えた。お酒の結界はまったく効いてないみたいだ。

「もう……、やるしかないのか？」

おじさんは、青く光る槍の穂先を六幻へ向けると、ぎこちなく狙いをつけて突き出した。

でも、六幻は座敷の奥へぱっと跳んでかわしてしまった。

「ひいっ」水野さんが悲鳴を上げて飛びのいた。おじさんが引きもどした槍の穂が、水野さんのヒゲをかすめたんだ。

六幻が、大きく口を開けてまたほえた。

おじさんは何度も槍を突き出したけど、六幻は簡単にかわしてしまう。

そのうち、突き出した槍が壁に刺さってしまった。

「ぬ、ぬけない！」

すると、うしろからきた水野さんが、槍をつかんですごい力で引っこぬいた。そして、ぬいた槍を、すばやくおじさんに押しつけた。

おじさんが、呆気にとられたように言った。

「水野さん……、さっき、『槍の力が発動している時はさわれない』とか言ってませんでした？」

水野さんは、おじさんから目をそらして答えた。

「先端の、穂の部分にふれなければ……、わたしも持てることは持てます」

「持てるんなら、水野さんが刺してくださいよ！」

「イヤです」

「何言ってるんですか！　水野さんのほうが力も強いでしょ!?」

「強くても、イヤです」

ふたりは、全力で槍を押しつけ合いはじめた。

六幻は、縁側をゆっくり左右に行ったり来たりしながら、ぼくらに飛びかかれる隙をねらっていた。それなのに青く光る槍の穂先を六幻へ向けたまま、ぼくらは座敷の真ん中で、内輪もめをしていた。

「水野さん……、ひきょうですよ」

水野さんと槍を押しつけ合いながら、おじさんは、ぼくが今まで聞いたこともない低い声で言った。

「オレは、もうどんな化け物が出てこようがこの家に住むって、決めたんです。なぜ刺せないのか、水野さんもかくさずにちゃんとぜんぶ話してください！」

すると、水野さんは槍から手をはなし、顔をおおってわっと泣きだした。

「六幻はわたしの恩人で、大事な友だちなんです！　刺すなんて……、できませんっ」

「恩人で、友だち……？」

ふたりが話に気を取られたその隙に、六幻が飛びかかってきた。

「ひゃっ」水野さんは床の間のほうへ大きくはじかれた。

「あっ！」ぼくも壁まで飛ばされた。

落としてしまった懐中電灯を拾って、急いで部屋を照らすと、座敷の真ん中で、うつぶせになったおじさんが六幻にのしかかられていた。

「くう、うう……」

「おじさん！」

おじさんは両手で槍をつかんだまま、身動きが取れない。もう少し体重をかけられたら、骨なんか簡単に折れてしまいそうだ。

でも、六幻はすぐに「グアッ！」と声をあげて、おじさんからはなれた。

12

庭に現れたもの

シロが、六幻の首元に食いついていた。

「おじさん、大丈夫？」

かけよると、おじさんは、ひゅーっと音をたてて息を吸いこんだ。

「シロ……、シロは？」

シロは六幻の首に食らいついたまま、台風の日の洗濯物みたいに、激しくふり回されていた。起き上がろうとするおじさんに手を貸していると、「ミャッ！」とシロの声がして、障子が壊れる音がした。

すぐに、グルルッと、低いうなり声が近づいてきた。

（食われる……）

覚悟して目をつむった時、ぼくの前にだれかが立った。

「ダメです六幻!!」

水野さんだった。

ぼくをかばって、間に入ってくれたんだ。

水野さんは着ていたシャツを、えいっ、と脱ぎ捨てた。

次の瞬間、水野さんは口の裂けた大きな化け猫の姿に変身した。六幻とほとんど同じサイズの茶トラの化け猫だ。

そのまま、二匹は団子みたいに取っ組み合いになって、座敷の中をめちゃめちゃに壊しながら転がり回った。

「一臣さん、早く、刺して！」化け猫の姿になっても、水野さんは人間の水野さんの声でしゃべった。「もう、わたしごとやってください！」

「水野さんまで？」おじさんがおどろいた声で言った。「そんなこと、できるわけないじゃないですか！」

水野さんはあえぎながら言った。

「二百年前、わたしはこいつに『オレが人を食うようなことになる前に、必ず殺してくれ』とたのまれ、『わかった』と約束したのです。だから……、早く……、刺して！」

二匹は、もつれたまま暗い庭へ飛び出した。

「もう最後のようですから、おふたりにお話ししておきます」水野さんは庭を転がりながら、必死にしゃべった。

「わたしが六幻に出会ったのは二百数十年前……、人に化けられるようになったわたしが、この街にやってきてすぐのころです。ケンカが弱かったせいで、当時のわたしは仲間に見下され、いつもひどい嫌がらせを受けていました。そんな中、六幻だけ

12
庭に現れたもの

がわたしを助けてくれた。そのうえ、『おまえには商売の才能がある。いつかきっと、仲間にたよられるような立派なやつになる』とはげまし続けてくれた。そのおかげで、今のわたしがあるんです。最後はこの街で相談役のようなこともできて、いい化け猫人生でした！」

「最後だなんて、そんな……」

おじさんの声が小さくなっていく。

「水野さん、どうにかそいつを押さえこめませんか？」

「無理です！」水野さんは苦しげに答えた。

「六幻のほうがずっと格上なんです。しっぽを見ればわかりますでしょう？　六幻は六本、わたしは二本。ぜんぜんかないません！」

しっぽの数だけじゃなかった。

六幻のほうが毛のツヤもいいし、体つきもしなやかだ。水野さんは体形がもっちりしてるし、毛もぼさぼさだった。

おじさんは槍を持って庭へ出て、どうにかして六幻だけを刺そうと、タイミングを見計らっていた。ぼくも庭へ下りて、もつれあう二匹を懐中電灯で照らした。

しばらくして、二匹の動きが止まった。

12

庭に現れたもの

六幻が上になって、水野さんを完全に押さえこんだんだ。

突然、ずっと聞こえていた悲鳴がやんで、庭がシンとなった。

そして、かすれた声が聞こえた。

「刺せ、迷うな……」

（あっ、この声）

一度聞いただけなのに、ぼくは耳の奥に録音してたみたいに覚えていた。

また、聞こえた。

「早く刺せっ、オレの意識がもどっているうちに！」

（やっぱり、そうだ）

だれなのか知りたくて、ツクバイに水を入れながら待っていた声。

その声が、六幻から聞こえていた。

「早くしてくれ、こいつを……、又吉を殺しちまうだろ！」

「六、幻……？」

緊張しつつ、ぼくは名前をよんでみた。

すると、六幻は苦しげに目を細めてこっちを向いた。

「なんだ？」

「前に、ぼくに話しかけた？　『ツクバイに、水を入れてやれ』って、言った？」

「ああ……、言ったよ。オレが言った。そんなことどうでもいいから早く、刺してくれ！　今なら、小夜を押さえこめている。だが、長くはもたない」

うめきながら、六幻はおじさんに向かってよろよろと進み出て、頭をたれた。

「一臣さん、思い切って刺してやってください！　本人が望んでいるんです。こやつは、長い年月をひとりで小夜の呪いに抵抗し、苦しみ続けてきました……」

水野さんは泣いていた。

「……わかりました」

おじさんは槍の穂先を六幻に向けた。

すべてが、水の中にいるように、ゆっくりと進んでいた。

ぼくは「刺せ」と言い続ける六幻を見た。

この化け猫は、自分も土の中で苦しんでいたのに、春鬼のために「ツクバイに、水を入れてやれ」って言ったんだ。

それだけでも、六幻がいいやつなんだってわかる。

今、せっかく出会ったのに。

出会えたのに。

12

庭に現れたもの

ひとつも楽しい思い出を作れないまま、さよなら、ってなる。折り紙様みたいに、もう会えないところへ行ってしまうのかな。

折り紙様……。

ぼく、どうしたら……？

あっ！

「おじさん、待って！」

ぼくは座敷へかけ上がり、机の引き出しから園長先生に渡された「またたび爆弾」をひとつ、つかみとった。

（これだ！）

ひっくり返って、白目をむいた猫の絵がついている陶製の玉。

ぼくは縁側に立つと、その玉を庭に向かって思いっきり投げた。

カシャン。

暗い庭で、玉が割れた音がした。

とたんに、強烈なにおいが広がった。またたびのにおいなのか、ほかの薬草のものなのか、腐ったバナナみたいな、きついシナモンのようなにおい。

「ミャ〜〜」

六幻と水野さんが、くにゃくにゃっとなって倒れた。

二匹とも、みるみる体が縮んでいく。

あっという間に、六幻は黒猫に、その横で水野さんは茶トラの猫になっていた。

どっちももうふつうの大きさだ。わかれていたしっぽもくっついて一本になった。

縁側にいたシロまでのびていた。

おじさんがせきこみながら聞いてきた。

「直紀、もしかして、海鳴寺保育園でもらったっていうあれか……？」

ぼくは、あまりの効果にぼうぜんとして答えた。

「うん……。きっと折り紙様は記憶がもどったあと、小夜さんの命日が近づくとこうなるってわかっていて、ぼくにお守りをくれたんだよ」

「『またたび爆弾』とは、お目にかかるのはひさしぶりですよ」

水野さんが、酔っぱらったみたいにろれつの回らない声で言った。

「その玉には、化け猫を酔っぱらわせてふぬけにし、妖力を押さえこむ薬草が入っています。調合方法は、化け鼠しか知らない……」

ぼくもおじさんもせきこんだけど、体はなんともなかった。

「でも、直紀、このあとはどうするんだ？　薬が切れたら襲われるぞ」

12
庭に現れたもの

「今のうちにオレを刺せ」

黒猫の姿になった六幻が、あえぐように言ってきた。

「小夜の呪いは永遠だ。消える日は決してこない！　もう、終わりにしてくれ」

「そんな、あきらめちゃダメだよ！」

ぼくが言うと、水野さんが小さく首をふった。

「住職も刺せませんでしたよ。『どうしても自分にはできない』などと言ってね。彼も、やさしい男でしたから……」

おじさんは、しばらく六幻のそばにしゃがんでいた。

それから、槍をつかんで立ち上がった。

「どうしてもだれかがやらなきゃいけないっていうなら、オレがやる。気の毒な黒猫を殺したっていう、イヤな気持ちを生涯背負って生きるよ。オレはもう大人だからな、自分で決めてそうする。直紀……、自分のその顔の傷を見ろ、こいつはほっといたら本当に人を殺すぞ」

ぼくは右頬に手を当てた。

それまで、まるで感じていなかったけど、急に火傷したみたいにずきずきしてきた。

（本当だ。六幻は人を傷つけてしまう。こんなケガだけじゃすまないかも……）

そばまで行って、六幻の体を懐中電灯でよく照らしてみた。

黒い毛だからわかりにくいけど、六幻の顔半分から首や胸、前脚のあたりの毛は、くっついて固まっているように見えた。

小夜さんの血がかかったところだ。

（どうしたらいいんだろう。二百年前の血、小夜さんの呪い、血を浴びた化け猫。小夜さんの血、呪い、化け猫。血、呪い、猫……）

ものすごい勢いでぐるぐる考えていた時、突然、言葉が勝手に口から出た。

「そうだ、洗ったら？」

「は？」おじさんは槍を構えたまま、ぽかんとした。

「呪いって、小夜さんの血にこめられているんでしょう？　その血を洗って落としたらいいんじゃない？」

懐中電灯で照らした庭にたらいを出して、石けんを思いっきりぶくぶく泡立てて、ぼくとおじさんは六幻を洗いはじめた。

「呪いの血を洗って落とす」というのは、いいアイデアだったと思う。

だけど、洗っても洗っても、小夜さんの血はぜんぜん落ちなかった。

12

庭に現れたもの

　またたび爆弾の効果はすごかった。

　水野さんは庭で、シロは縁側でのびたまま、起き上がることもできない。なのに、六幻だけは妖力が強いせいか、効果が早くも切れていた。

　六幻はもう、うまく小夜さんを押さえこめないようだった。また小さく悲鳴がひびきだすと、六幻が苦しげにうったえてきた。

「オレが意識を失えば、小夜にこの体をのっとられる。その時、またたびの効果が切れていれば、また巨大化して、おまえらを襲ってしまう！　今、どんな危険な状態なのか、わかっているのか!?」

「でも……」ぼくは、どうしてもあきらめたくなかった。「朝になれば、きのうみたいに小夜さんの力が弱まるんじゃないかな。それまでなんとか持ちこたえられない？」

　突然おじさんが、くつのまま家の中へ入っていった。そして、押し入れにあったプラスチックの衣装ケースから、自分の服をぽいぽい放り出しはじめた。

「これに閉じこめればいい！」

　おじさんは空になったケースを庭へ抱えてきた。

「この中でまたたび爆弾を使えば、量も丸々一個ぶんじゃなくて、少しですむかもしれない。透けているからオレたちも外から様子を見守れる！」

そして、縁側にかがみこむと、ふたつ目のまたたび爆弾をビニール袋の中で割りはじめた。小分けにして使えるようにだ。

息ができるように少しすきまを開けて衣装ケースに閉じこめると、六幻はうんざりしたように言った。

「面倒なことを……オレを殺せばすむ話だ。見ろ、オレを魔物だと認識してまだ槍が反応している。あれで刺せ。いつあばれだすかわからない化け猫など、おまえらだって迷惑だろう」

ぼくは、衣装ケースをのぞいて言った。

「ほかの人たちはなんて言うかわからないけど、ぼくもおじさんも迷惑じゃないよ」

小夜さんの悲鳴は、小さいまま途切れることなくひびいていて、六幻はずっと苦しげにうめいていた。

ぼくらは六幻が意識を失わないように、はげまし続けた。

悲鳴が完全に消えて、ケースの中の六幻が落ち着いてきたのは、午前四時だった。

急におなかが減ってきて、おじさんとぼくは、母さんが持たせてくれた冷凍のグラタンを、カセットコンロでどうにか温めて食べた。

そのあとも、六幻の様子を見守りながら、交代で少しだけ寝た。

12
庭に現れたもの

夜が明けてから、ぼくらは、また六幻を洗いはじめた。洗剤もいろいろためした。だけど、小夜さんの血は、黒い毛に固まってこびりついていて、何をどうしても落ちなかった。

家はひどいことになっていた。

座敷にあった物が庭に転がっていて、障子と雨戸はほとんど吹き飛んでいた。雨戸が一枚、庭の正面の崖の下に飛んでいって、電線が切れていた。停電したのはそのせいだろう。

のびていた水野さんとシロは座敷に運んで、座布団の上に寝かせてあげてたんだけど、まだ目が回って動けないみたいだった。

ほとんど寝てないし、ずっと緊張が続いていた。おじさんもぼくもだんだんおかしくなってきて、おじさんが庭でよろめいただけで、笑えてきた。

六幻をどうするか、次の方法を思いついたのは、昼になってからだった。

縁側で、買ってきた菓子パンをかじりながら、ぼくは言った。

「ねえ、毛を切っちゃったらどうだろう、はさみで」

おじさんは一瞬、なるほど？　という顔になった。でも、すぐにひそひそ声で言ってきた。

「でも、あの猫、プライドが高そうだから切らせないんじゃないか？　自分の毛並みを見てうっとりするタイプだぞ、絶対」

「たしかに、そんな感じかも」

ぼくもひそひそ声で言ったのに、庭の衣装ケースの中から声がした。

「おい、ぜんぶ聞こえてるぞ」

「ええっ⁉」

「猫は耳がいいし、オレの耳は特にいいんだ。今までも家の中でおまえらが話すことは、ほぼぜんぶ聞こえていた。それよりも、この毛を切ってくれてかまわない。坊主が頭の毛をそるみたいに、カミソリでそってくれてもいい」

ぼくはおじさんとちょっと目を合わせてから、確認するように聞いた。

「ほんとにいいの？」

「毛なんか……、また生えるだろ」

座布団の上でのびている水野さんが「ふふっ」と笑った。

「雨の日は毛に泥がはねると言って、外に出ないほどの気取り屋が、そんなことまで言いだすとは」

12

庭に現れたもの

それで、呪いの血を毛ごと切ってしまうことになった。

縁側へ六幻を運んで、少しずつ毛を切った。

ふしぎだけど、血で固まって束になった毛は、六幻から切りはなすと、ぱらぱらっとほどけて、ただの黒い毛になった。

洗い続けて六幻はびしょぬれだったし、毛もぬれていた。でも、切った毛は、風に吹かれて、さらさらと庭や座敷に散っていった。

まるで、小夜さんが消えていくみたいだった。

おじさんが、静かな声で言った。

「今度は、うまくいきそうだな」

「うん」

ぼくも小さい声で答えた。

やっと二百年の呪いが消えるのに、大よろこびしたいような気分じゃなかった。

それで、気づいた。

（そうか……、これで小夜さんは、恨みを晴らせずに消えちゃうことになるんだ。子どもを亡くしたのに……。送り出した子が、殺されて帰ってくるなんて、小夜さん、

悔しかっただろうな。悔しいなんてもんじゃ、なかっただろうな）

手の中でさらさらほどけていく毛を見ると、胸が苦しくなってきた。泣くもんか……、と思ったけど、縁側の床板に涙がぽつりと落ちてしまった。

毛を切りながらぼくが泣いているのを、六幻がだまって見上げていた。おじさんは、気づいているのか気づいていないのか、わからなかった。

13 おじさんと水野さんの約束

縁側で血がついた毛を切り終わったあと、ぼくは六幻のしめった体をタオルでよくふいてあげた。

「もう、大丈夫だよね？」

「毛を切られたからな」六幻はぐったりと寝そべったままうなずいた。

「小夜の呪いも消えたが、オレの妖力もほぼ消えている。オレたち化け猫にとって、毛は大事なもんなんだよ」

「すぐ生える？」

「毛を切ったのは初めてだからわからん」

日がかたむいて、ゆっくりと夕焼けが始まってきた。

ぼくもへとへとだったけど、水野さんとシロのことが心配になって声をかけた。

「大丈夫？　水とか、飲む？」

どっちも座布団の上でのびたままだ。

シロは眠ってるみたいに動かなかったけど、水野さんは茶トラ猫の姿のままでうす目を開けた。

「直紀さん、わたしの持ってきたバッグに、文箱……、ひも付きの黒い箱が入ってます。その中の手紙を、一臣さんに読んでもらって……」

水野さんの視線の先に、黒い革のバッグがあった。前の晩に、香炉やお墓の土、お酒なんかを入れてきた水野さんのバッグだ。

ファスナーを開けると、紫のひもが付いた黒い箱があった。

「これ？」

ぼくが箱を見せると、水野さんはのびたまま言った。

「そうです。やっと渡せる。この家に住んでいた住職、栄俊からの手紙です。一臣さんへのね」

「え、オレに？」

庭で、散らかったゴミを集めていたおじさんが顔を上げた。

「ええ。わたしは彼がそれを書いている時に、そばにいたので内容は知っています。昨年の秋、彼がこの庭を去る日に書いて、わたしに預けたのです」

13
おじさんと水野さんの約束

おじさんが文箱のひもをほどくと、中に折りたたまれた紙が入っていた。停電したままなので、縁側の明るいところにすわって、おじさんが手紙を広げた。

「直紀もいっしょに見るか？」

「うん」

だけど、手紙をのぞいてがっかりした。筆で書かれた文字が一行ずつ、ぜんぶつながっていたんだ。

「字がすごすぎて、読めない……」

ぼくがそう言うと、おじさんは声に出して手紙を読んでくれた。

「この庭を引き継ぐ者へ

庭に封印している化け猫は六幻という。

この庭で、代々、封魔札を書ける者が番人となり、見守り続けてきた。

文化元年からほぼ二百年、私で十代目になる。

毎年小夜の命日に、封魔札を新しくしてきたが、ここ数十年ほどで、札を書ける者が急激に減り、今や、私のほかにいない。

六幻には槍を使って終わらせてくれとたのまれたが、私にはできなかった。

もっと、小夜と六幻が救われるような、よい終わり方があると信じている。

私の死後、後継者選びは、シロと又吉に任せることにした。

又吉には、無責任だと、さんざん責められた。

だが、後継者としてふさわしい人物がきっと見つかるだろう。この庭がよぶはずだ。


この庭を、必要とするものたちもいる。

広い平野の中で、ここは山と同じ岩盤がつき出していることから、山の中のような霊気があるのだと伝えられている。六幻が来る以前から、ふしぎなものがひきつけられて、多く集まっていたらしい。

最近は特に、街中で生きにくくなったものが来るようだ。

どうか、又吉やシロとともに、六幻や、ここへやってくるものの世話をしてやってほしい。


栄俊」

13

おじさんと水野さんの約束

「えーと、『後継者』って……、オレってことですか？」

おじさんがとまどった声で聞いた。

「そうです」

水野さんが座布団の上から答えた。

「まず、シロがあなたを選んでここへ連れてきました。そして、今、わたしもあなたを後継者に選びます。この庭を任せる人間は、あの槍を『使いたがらない』者がいいのです。でも、どうしてもという時には、『使うこともできる』者でないと困ります。つまり、あなたがちょうどいい。一臣さん、事情をすべて知った上で、十一代目としてこの庭を引き継いでくれるでしょう？」

おじさんは目を見開いたまま、なかなか返事をしなかった。

部屋の隅から六幻が口をはさんだ。

「オレはもう封印されてないんだから、オレの世話はいらないぞ」

それでもおじさんは、だまって手紙を見つめていた。

水野さんが思い出したように言った。

「あっ、お家賃のことなら、このままずっと五千円で結構ですよ」

「あの……」

おじさんがようやく口を開いた。

「オレなんかでよければ、もちろん引き受けたいです。でも……」

おじさんは手紙を開いたまま、ぼくを見てきた。

「直紀、おまえ、これからも手伝ってくれるか？」

「えっ、ぼく？」

おどろいていると、おじさんは言った。

「よく考えてみろ、春鬼に川を歩かせることを思いついたのはおまえだったし、折り紙様の元の体を見つけたのも、六幻の血を洗うことや、毛を切ることを思いついたのも、おまえだ。きのうの夜も、オレはあきらめて六幻を刺そうとした……」

六幻が口をはさんだ。

「オレはずっと庭にいたから知っているが、直紀は、ふだんから草や木をよく見ているだろう。そういうやつは勘がよくなるんだ。なぜだろうな……、代々、この庭を引き継いだやつらも、草木が好きで、熱心にながめたり、絵に描いたりするやつが多かったよ」

「そうなの？」

13

おじさんと水野さんの約束

ぼくが聞くと、水野さんもだまってうなずいた。

胸に、じわじわとうれしい気持ちが広がった。うれしすぎて、顔が赤くなっていたかもしれない。

「えっと……、ぼくも……、ぼくでも何か役に立てるなら、手伝うよ」

「じゃあ、決まりだな」

おじさんはぼくに笑いかけると、水野さんに言った。

「オレ、引き継ぎますよ」

「よかった、よろしくたのみます」

水野さんは猫の顔のままにっこりした。

こうしておじさんは、庭の後継者をあっさり引き受けていた。

でもこの時、おじさんは一生の仕事を決めるような、大きな約束をしたんだと思う。

体に風が当たる。
信じられないが、土から出て、
二百年ぶりに、まともに風を感じている。
直紀があきらめずに、オレを助けようとしてくれたおかげだ。
危険な目にあわせたが、あの子はたくさんのものに守られていた。
小夜の子もそんなふうに、
ちゃんと守ってやれていたら……。

あの日、小夜は命を捨ててオレにとりつき、
いっしょに恨みを晴らしてほしいと願った。
なのに、オレはそうしなかった。
人を恨んで傷つけることなど、
本当は小夜も望んではいなかったはずだ。
だから、敵を討つこともせず、

土にもぐって小夜の恨みの念を抱えこんだ。
だが、オレが二百年抱えこんでも、小夜の悲しみと怒りは鎮まらなかった。

そして……、
オレは自由になった。
ひとりで、自由になってしまった。
今は、ひどくさみしい。
今度こそ本当に、小夜がこの世から消えてしまったからだろう。
悲しい恨みの念だけになっていても、あれはたしかに、小夜だったから。

14 夏の気配がする庭で

六幻が出てきてたいへんなことになった日から、二週間ほどして、おじさんの家の修理がすんだ。五十万円くらいかかった修理費は全額、水野さんが払ってくれたそうだ。

同じころ、六幻の毛が元にもどった。

六幻は、見とれてしまうほどきれいな黒猫だった。

猫だけど、ヒョウみたいに強そうな体つきで、黒い毛がつやつや光っていた。きれいに毛が生えても、六幻はそんなにうれしそうじゃなかった。縁側にぺたっとなって、ぼんやり、外ばかりながめていた。

おじさんは、家に六幻がいることに緊張しているようだった。

「なんか、落ち着かない……。あいつ、オレのこと『おまえは気に食わない』みたい

14
夏の気配がする庭で

なんだ目で、じーっと見てくるんだよ」

「元々、目つきがするどい感じの猫なんじゃない？」

台所でこそこそ話していたら、しっぽを立てた六幻がするっと入ってきた。

「おい、ぜんぶ聞こえてるぞ」

「ええっ」

おじさんもぼくも気まずかったけど、六幻はさらっと言った。

「オレは耳がいいって言っただろ」

そのまま、テーブルにひょいっと飛びのって話しはじめた。

「明日、小夜とその息子の墓参りに行こうと思う。墓の場所は又吉に聞いている。ひどい最期だったが、小夜は情の深い、やさしい女だったんだ」

ぼくも思い出した。

「そういえば折り紙様が言ってた。だれでも悪霊になるんだって。やさしい人や、正義感が強い人ほど、怒りにとりつかれた時に恐ろしいものになるって」

「そうだな。小夜もだが、殺された息子もいい子だった……。墓参りのあと、しばらく、遠くにいる昔のなじみを訪ねて回りたい」

ぼくはものすごく心配になった。

「ひとりで信号とか、渡れる？」

六幻は真剣な目つきで答えた。

「赤の時はダメで、青の時に渡ればいいのだろう？　こないだそこの坂を下りたら、シロがついてきて手本を見せてくれた」

「青でもよく確認しないと、急に右折する車が曲がってきたりするんだよ」

「ウセツとはなんだ」

ぼくは紙に交差点の図を描いて説明した。

「あの～、いっそ、水野さんみたいに人の姿になったほうが安全なんじゃや……」

そう提案したおじさんを、六幻はぎろっとにらんだ。

「人間の姿になることはオレにもできるが、そうすると、よけいなものがいっぱいいるんだよ。服にくつ、金に、スマホ。人間っていうのは無限にモノがいるんだ」

「たしかに」

おじさんはしみじみうなずいた。

「服なんか、着るたびに洗って干さなきゃいけないんだろ。オレは猫がいい。気ままに、そのへんのカエルやネズミをとって食って生きるほうがいい」

ぼくは、六幻がシロが食べているキャットフードのカリカリを気に入って、ずいぶん食べていることを知っていたけど、だまっておいた。

14
夏の気配がする庭で

そして、よく晴れた六月の日曜の朝。

黒猫の姿のまま、六幻は出ていくことになった。

出ていく前、六幻がぼくに「ちょっと、こっちに来い」と言った。

庭に出てしゃがむと、六幻は、ため息をついた。

「オレがひっかいたその傷は、残りそうだな」

そう言われてぼくは頬に手を当てた。

右目の下から頬にかけてまで、白っぽい線が入っていた。浅い傷ですぐにくっついたんだけど、意外と痕が残った。

「うん、でも、これくらいですんでよかったよ」

すると、六幻はぼくを真っすぐに見て言った。

「もどってきたら、その傷の借りは返させてもらおう。約束する」

ぼくは、にこっとした。

「……おまえ、今『じゃあ、ひっかかれてよかったな』と思ったな？」

「うん」

「おまえのそういう、思ったことをすぐに口に出さないところは美徳だな。美徳ってのは長所……、つまり、いいところってことだぞ」

「でも、ぼく、家でも学校でも、もっとしゃべりなさいって言われるよ」

「おまえは無口なままでいろ。そのほうが猫には好かれる」

それだけ言うと、六幻はブロック塀にぱっと飛び上がって、向こうへ消えていった。

雨を吸ったコケが青々してきた庭に、ぼくとおじさんとシロが残された。

もう、夏の気配がしていた。

「はあ〜〜〜」

おじさんは、もし体が風船だったら、空気がぜんぶぬけてぺっちゃんこになっちゃうくらい長いため息をついて、縁側に腰かけた。

「オレらが初めてこの家に来てから、まだ四か月もたってないんだな。なんか、もう何年もここに住んでる気がするよ」

そのひざに、シロがぴょんとのって丸くなる。

ぼくもとなりにすわった。

二月のあの日、ここは冷たい冬の庭だった。

ドーナツ屋さんにシロが現れて、ぼくとおじさんは初めてこの家へ来たんだ。

14

夏の気配がする庭で

春鬼を見送ったあと、シロと水野さんが化け猫だって知った。

五百年生きたイチョウの木に出会えて、大切な最後の数週間をいっしょに過ごせた。

そして小夜さん。

二百年も前の人だけど……、会ったらきっと好きになった気がする。

六幻は行っちゃったけど、もどってきてくれるよね。

栄俊さんの手紙は、座敷の飾り棚に、文箱に入れたまま大切に置いている。


おじさんとならんですわっていると、ブロック塀の向こうに、三角の耳がついた大きな人影が見えた。猫人間の姿の水野さんだ。

「六幻はもう出発したのですか！」

毛を逆立てて、なんだかすごく怒っている。

「あやつめ、さっき、うちの事務所に来て、生きたカエルを置いていったのですよ。なんという嫌がらせ！　ぴょんぴょん跳ねまわるカエルをつかまえようとしていて、うっかり猫にもどりそうになりましたよ！」

「水野さん！」おじさんが笑って立ち上がった。

「カエルなんかよりおいしいドーナツがありますよ、食べていってください。オレ、

14

夏の気配がする庭で

コーヒーをいれます」
「ぼくも手伝(てつだ)うよ」
そうして、台所へ行こうと座敷(ざしき)を横切っていた時だ。

ちゃぷっ。

小さな水音がして、ぼくはふり返った。
まぶしい緑の庭で、ツクバイの水面がゆれている。

また、何かに出会えるのかもしれない。

初出

朝日小学生新聞連載（二〇二一年十月一日～二〇二一年十二月三十日）

書籍化にあたり、大幅に加筆・修正し、新たに編集をしました。

山下みゆき

広島県出身。第10回朝日学生新聞社児童文学賞受賞作『朝顔のハガキ』（朝日学生新聞社）でデビュー。共著に「ラストで君は『まさか!』と言う」（PHP研究所）シリーズや、『衝撃のラスト!二度読みストーリー』（ナツメ社）などがある。日本児童文芸家協会会員。童話サークルわらしべ所属。

もなか

青森県出身・在住。イラストレーターズ通信会員。ストーリーが感じられるような、あたたかみのあるイラストレーションを得意とする。インディーゲーム開発や書籍の挿絵・漫画制作、ミュージックビデオのイラストレーション制作など、幅広く活動中。
https://www.sayohashi.com/

直紀とふしぎな庭

2024年1月16日　第1刷発行
2024年8月30日　第2刷発行

作　山下みゆき
絵　もなか

発行者　吉川廣通
発行所　株式会社静山社
〒102-0073東京都千代田区九段北1-15-15
電話 03-5210-7221
https://www.sayzansha.com

印刷・製本　中央精版印刷株式会社
装丁　アルビレオ
組版　アジュール

ISBN 978-4-86389-763-2

ハリー・ポッターと賢者の石〈ミナリマ・デザイン版〉

J.K.ローリング 作
ミナリマ デザイン&イラスト
松岡佑子 訳

ハリー・ポッター映画のグラフィックデザインで知られるミナリマが、表紙・挿絵をすべて手掛けたシリーズ第1巻『賢者の石』が誕生！　ページをめくるごとにあらわれるカラフルでポップなイラストと8つの仕掛けが楽しめます。

ハリー・ポッターと呪いの子 舞台裏をめぐる旅

世界中を魅了する魔法界の名舞台 実現までの道のり

ジョディ・レベンソン 作
宮川未葉 訳

トニー賞演劇作品賞はじめ主要な賞を多数受賞し、東京でも大ヒットを記録中の舞台「ハリー・ポッターと呪いの子」の公式の舞台裏取材本。日本語版の本書では、アジア初となる東京公演の舞台裏を独自取材した最終章を収録。

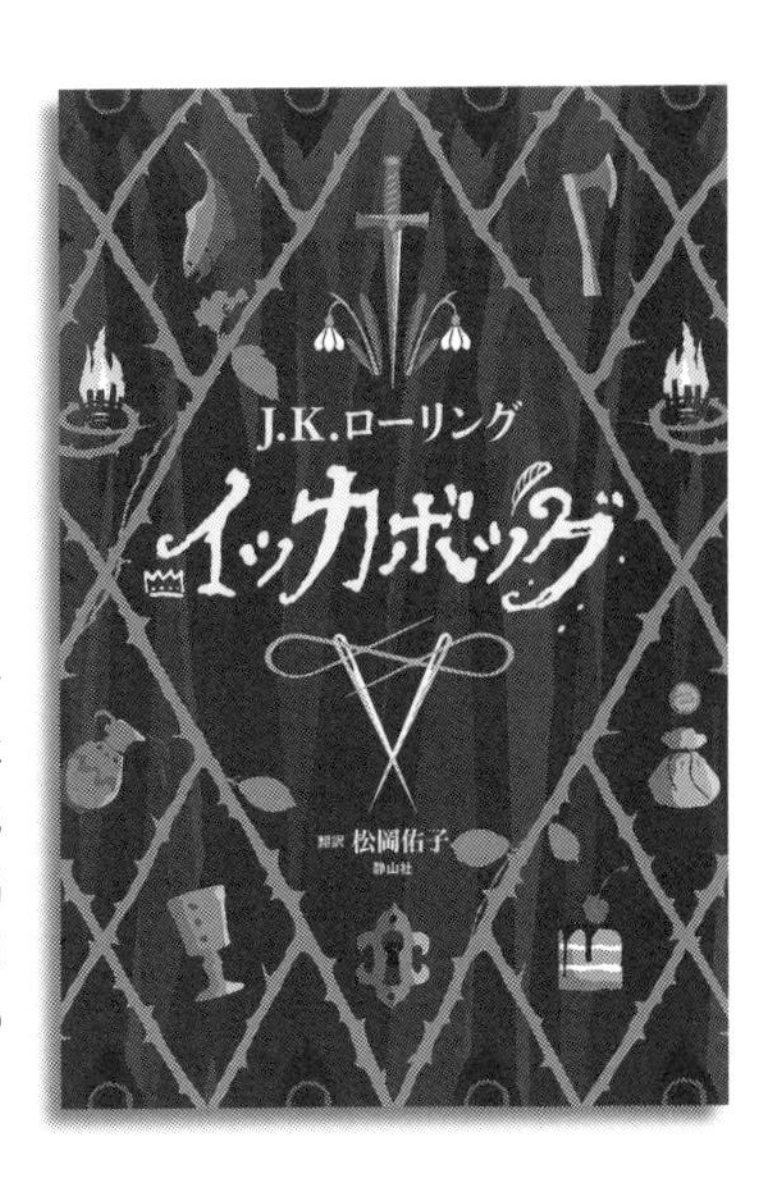

イッカボッグ

J.K.ローリング 作
松岡佑子 訳

イッカボッグという怪物の伝説とその真実、希望、友情の物語。人々はイッカボッグなんて、創られた伝説にすぎないと思っていたが、ある出来事をきっかけに、この伝説が利用されることに。ハリー・ポッターのJ.K.ローリング書き下ろし童話。

クリスマス・ピッグ

J.K.ローリング 作
ジム・フィールド 絵
松岡佑子 訳

クリスマスイブは、奇跡が起こり、あらゆるものに命が宿る日——ジャックとぬいぐるみは、魔法の旅をはじめます。失われたものを取り戻し、親友を見つけるために。J.K.ローリングが『ハリー・ポッター』のあとに初めて書いた児童書。

十年屋と魔法街の住人たち4

銀行屋と小間使い猫

廣嶋玲子 作
佐竹美保 絵

十年屋の執事猫カラシの弟子で、かわいい子猫ミツの主人に選ばれたのは、魔法街一のかたぶつ、銀行屋ギラト。一人と一匹の暮らしはさぞ幸せだろうと思ったら…？　大人気シリーズ「十年屋」特別編第4巻はギラトとミツのお話。

探検!
いっちょかみスクール
魔法使いになるには編

宗田 理 作
浮雲宇一 絵

当塾は、必ずや「その道のプロ」にして差し上げますよ──。塾の誘いを真に受けて、将来つきたい職業に「魔法使い」を選んだユトリは、無事に入塾できるのか!?『ぼくらの七日間戦争』の作者が送る、コメディ・ファンタジーシリーズ第1巻！(以下続刊)

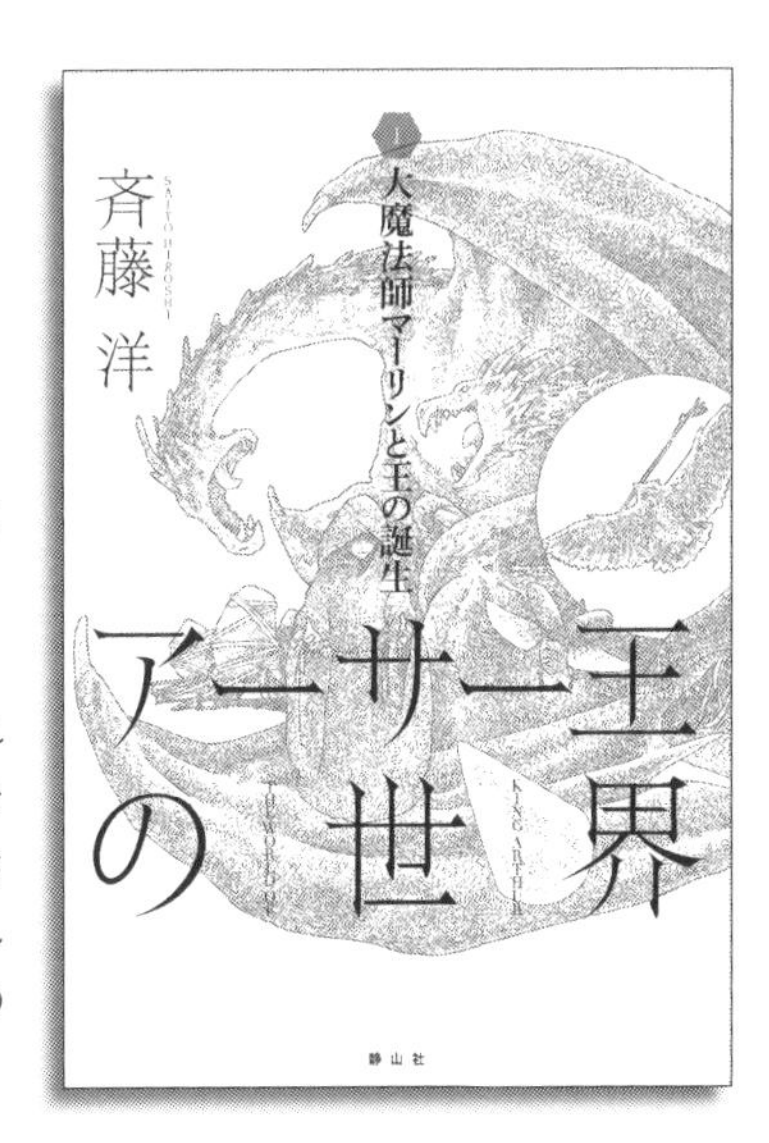

アーサー王の世界
大魔法師マーリンと王の誕生

斉藤 洋 作
広瀬 弦 絵

戦乱が続き、次々と国王が入れ替わる激動のイングランドを舞台に、英雄アーサー誕生までのいきさつを描く。4~5世紀頃に活躍したといわれるアーサー王と円卓の騎士たちの物語。全7巻。

ヴェニスの商人

斉藤 洋 作
佐竹美保 絵

シェイクスピアの恋の喜劇！ バサーニオは富豪の娘と結婚するために、悪名高いシャイロックから金を借りることに。期日までに返済ができなければ、友人の肉1ポンドを渡さなければならないという契約を交わしてしまい……。

短編小学校1

5年1組ひみつだよ

吉野万理子 作
佐藤真紀子 絵

「短編小学校」はあるクラスの子どもたちを主人公にした短編集です。1話読み切りで、どの話、だれの話からでも楽しめます。ページをめくれば、まるでとなりの席の子とないしょ話をするような、新感覚の読書時間が始まります。

雨女とホームラン

吉野万理子 作
嶽まいこ 絵

野球少年の竜広は、朝の占いに一喜一憂。となりの席の里桜も占い好きと知って盛り上がるが、ある日、転校生に雨女疑惑がもちあがり…。今日の運勢がいいひともそうでないひとも、ちょっと考えてみてほしい、あるクラスの物語。